열다섯, 시를 만나는 순간

2

열다섯,
시를 만나는 순간

사춘기의 고민을 가만히
들어 주는 영미 명시 43

박경장 해설 | 금동원 그림

일러두기

1. 이 책에 수록된 몇몇 작품은 저자와의 연락이 닿지 않아 부득이하게 게재 허락을
   받지 못했습니다. 출판사로 연락을 주시면 허락을 받고 게재료를 지불하겠습니다.
2. 이 책은 2012년 출간된 『첫 키스는 사과 맛이야 2』의 개정 도서입니다.

한 개인의 삶에서 '나는 누구인가'라는 실존적 물음을 처음으로 진지하게 던지게 되는 시기는 아마도 열다섯, 청소년기일 것입니다. 2차 성징과 함께 몸과 마음이 급격히 달라집니다. 이유 없이 화가 났다가도 사소한 일에 가슴이 벅차오르고, 스치는 풍경이나 익숙한 음악에 문득 눈물이 고이기도 하지요. 바야흐로 푸른 청소년기입니다.

　풀잎처럼 여리지만 때로는 제 손을 베일 만큼 날 선 감수성. 그 섬세함에 가슴이 벅차 어찌할 바를 몰라 당황스러울 때가 한두 번이 아닙니다. 그럴 때마다 알 수 없는 외로움이나 고독 같은 것이 가슴 깊숙이 파고들지요. '나만 이러는 걸까? 엄마, 아빠도 이런 시간을 겪었을까?' 생각(사, 思)이 봄처럼 마구 피어나는(춘, 春) 열병에 들뜬 채, 거울 속 자신의 얼굴을 보며 묻게 됩니다.

'도대체 너는 누구니?'

이 밑도 끝도 없는 물음에 과연 정답이 있을까요. 어쩌면 생을 다할 때까지 붙들고 가야 할 질문일지도 모릅니다. 아니, 그 질문을 품고 살아가는 과정 자체가 인생일지도 모르겠습니다. 열다섯의 '나는 누구인가'는 도무지 알 수 없는 '나'를 찾아 떠날 때 처음으로 꾸린 '물음 짐'일 것입니다. 때로는 불안하지만, 동시에 내 안에 잠재한 무수한 '나들'과 마주치는 환희의 순간을 찾아 홀로 떠나는 여행이지요.

이 책에 수록된 43편의 영미시는 그 물음을 찾아 떠났던 영미 대가 시인들의 발자국과도 같습니다. 이들도 선택 앞에서 망설이고, 자신의 진짜 모습을 알기 위해 솔직함이 필요하다는 걸 느꼈을 겁니다. 이 과정은 복잡하고 답답하지만, 망설임과 솔직함의 길을 통과하고 나면 자기만의 길로 가고 싶은 용기를 얻을 수 있습니다. 이렇게 서로 다른 43개의 발자국을 따라가다 보면 '나는 누구인가'라는 물음 짐을 내려놓을 수 있을까요. 아마 완전히 내려놓을 수는 없을 것입니다. 다만 그 질문이 나만의 것이 아니라는 사실을 깨닫는 순간, 짐의 무게가 조금은 가벼워지는 것을 느낄 수는 있을 겁니다.

문제는 이 43개의 발자국이 현실의 공간이 아니라, 시의 창에 찍힌 상상의 발자국이라는 점입니다. 시인의 체험과 꿈, 기억이 상상력으로 얽혔다가 다시 언어로 엮여 시의 창에 새겨진 발자국들. 그러니 시인은 현실을 그대로 옮겨 적기보다, 현실을 상상합니다. 상상을 통해 현실보다 더 그럴듯하고 있음직한 또 하나의 현실을 창조하는 것이지요. 시인이 남긴 이 43개의 상상의 발자국은 어쩌면 현실에서 아직 불리지 못한 채 잠들어 있는, 미래의 '나들'일지도 모릅니다.

그렇다면 영미 시의 창에 비친 나들과 마주치기 전과 후의 나는 어떻게, 얼마나 달라져 있을까요. 그것은 독자 각자의 체험과 꿈, 기억에 따라 발휘되는 상상력의 강도와 깊이, 폭에 따라 저마다 다를 것입니다. 그러나 그 차이에도 불구하고 한 가지는 분명합니다. 이전의 나와는 다른 내가 되어 있을 것이라는 사실입니다. 불쑥 커버린 것 같은, 한층 성장한 나 말입니다.

이 책에 실린 해설은 독자가 화자의 자리에 서서 놀라고, 서럽고, 막막해질 때 잠시 어깨를 내주고 곁을 내어주는 역할을 할 뿐입니다. 시는 내가 가장 힘들 때 내 손을 꼭 잡아 주는 친구이기도 해요. 마음을 표현하기 어렵고, 심지어 내 마음을 나도 모르는 사춘기 시절이야말로 '시 읽기 좋은 시간', '시가 꼭 필요한 시간'이겠지요.

청소년 여러분, 영미 명시의 창에 비친 미지의 '나들'과 마주치기 위해 떠나는 여행에 그대들을 초대합니다.

2026년 새해

박경장

차례 ———

1장 | 망설임, 우리를 깊어지게 하는 마음의 떨림

2장 | 솔직함, 혼자 있을 때 알게 되는 내 모습

3장 | 용기, 한 걸음 더 내딛게 하는 힘

1장

망설임, 우리를 깊어지게 하는 마음의 떨림

Love's Secret

William Blake

Never seek to thy love,

Love that never told can be;

For the gentle wind does move,

Silently, invisibly.

I told my love, I told my love,

I told her all my heart;

Trembling, cold, in ghastly fears,

Ah! she did depart!

Soon as she was gone from me,

A traveler came by,

Silently, invisibly:

He took her with a sigh.

사랑의 비밀

윌리엄 블레이크

사랑을 고백하려 애쓰지 말아요,
사랑은 말없이 존재하는 것;
부드러운 바람이 움직이듯
소리 없이, 보이지 않게.

난 그녀에게 내 사랑을 말하고 또 말했어요.
온 마음을 다해;
떨며, 냉정하게, 극도의 두려움 속에서, 그런데
아! 그녀는 떠나고 말았어요!

그녀가 떠나자마자,
나그네 한 사람이 와서는,
안도의 숨을 내쉬며 그녀를 데려가 버렸지요.
소리 없이, 보이지 않게:

시인은 '사랑의 비밀'이라고 시 제목을 달아놓고는 다짜고짜 사랑을 고백하지 말라고 명령해요. 그러고는 한 숨 돌려 사랑은 말없이(silently) 보이지 않게(invisibly) 바람처럼 존재한다고 말합니다. 모두 자신의 경험에서 우러나온 것이죠. 한 번은 떨면서, 또 한 번은 냉정하게, 그리고 또다시 두려움에 사로잡혀 말하고 또 고백했는데 그녀는 떠나고 말았다는 거예요. 게다가 그녀가 자기에게서 떠나자마자 한 나그네가 나타나더니 그녀를 데려가 버렸다는 겁니다. 그는 자신과 달리 그녀에게 말없이(silently) 보이지 않게(invisibly) 접근해 사랑을 쟁취했다는 거예요. 그래서 시인은 "사랑의 비밀은 사랑을 고백하지 않는 거"라고 첫 행부터 힘주어 말한 겁니다.

'고백하지 마라'는 사랑의 비밀에 공감이 가나요? 아마 시인처럼 사랑을 빼앗겨보지 않은 사람은 공감하기가 쉽지 않을 거예요. 그래요. '사랑의 비밀'이라고 했지만 시는 천기누설을 위한 자리가 아닌 '공감의 자리'입니다. 그것도 승리를 축하하는 찬가의 자리라기보다는 패자의 아픔을 노래하는 '비가의 자리'지요. 만남의 환희보다는 '이별의 아픔'을 노래하는 자리입니다.

'고백하지 마라. 사랑은 말없이 보이지 않게 온다'고 시인은 '사랑의 비밀'을 부드러운(gentle) 바람에 비유해 말했지만, 이 시의 숨겨진 '진짜 비밀'은 빼앗긴 '사랑의 아픔'이에요. 떨며(Trembling), 냉정하게(cold) 극도의 두려움 속에서(in ghastly fears) 사랑을 얻고자 거듭 고백하는 '절절함'과 결국 사랑을 빼앗기고 만 '허망함'에 대한 '공감'입니다. 그 공감이 바로 시의 자리지요.

윌리엄 블레이크(1757~1827) 영국의 시인이자 화가. 남다른 상상력으로 어린 시절부터 신비로운 체험을 자주 접했고 그러한 경험을 낭만주의 시로 표현했다.

Cupid and My Campaspe

– from Alexander and Campaspe

John Lyly

Cupid and my Campaspe played

At cards for kisses;

Cupid paid.

He stakes his quiver, bow, and arrows,

His mother's doves and team of sparrows,

Loses them too; then down he throws

The coral of his lip, the rose

Growing on's cheek (but none knows how),

With these the crystal of his brow,

And then the dimple of his chin:

All these did my Campaspe win.

At last he set her both his eyes;

She won, and Cupid blind did rise.

O Love! has she done this to thee?

What shall, alas, become of me?

큐피드와 나의 캠퍼스페

– 『알렉산더와 캠퍼스페』에서

존 릴리

큐피드와 나의 캠퍼스페는 입맞춤내기

카드를 했다;

큐피드가 졌다.

그는 자신의 화살통, 활 그리고 화살,

어머니의 비둘기와 참새 떼를 걸었는데,

그것들도 다 잃었다; 그러자 그는

붉은 산홋빛 입술과 뺨에서 피어난 장미를

걸었고 (어떻게 그럴 수 있는지는 아무도 모른다),

더불어 수정 같은 이마와

턱의 보조개까지도 걸었다.

결국 나의 캠퍼스페가 다 이겼다.

마침내 두 눈마저 걸었는데;

캠퍼스페가 이겨, 큐피드는 눈이 멀어버렸다.

오, 사랑의 신이여! 캠퍼스페가 그대를 장님이 되게 하다니?

아, 난 이제 어떡하나?

고대 그리스에 아펠레스라는, 알렉산더(BC 356~323) 대왕의 전속화가가 있었대요. 얼마나 그림을 잘 그렸던지 그에 관한 수많은 전설이 전해진답니다. 그중 하나를 소개하죠.

어느 날, 당대에 유명한 화가들이 모여 누가 말을 제일 잘 그리는지 내기를 했대요. 그리고 아펠레스의 그림을 보고선 모두 그를 시기해 졸작이라고 혹평을 했어요. 그러자 아펠레스가 마구간으로 달려가 수말 한 마리를 끌고 와 고삐를 풀었지요. 그러자 녀석이 다른 작품은 거들떠보지도 않고 대뜸 아펠레스의 그림을 향해 돌진하더랍니다. 실제 말인 줄 안 거지요. 결국 그림은 만신창이가 돼 사라졌고 이 이야기만 전설로 남아 전해지고 있어요.

앞 시의 화자가 바로 이 고대 그리스의 천재화가 아펠레스랍니다. 또 다른 전설에 의하면 알렉산더 대왕이 그에게, 자신의 애첩 캠퍼스페의 누드화를 그리라고 명령했대요. 아펠레스는 붓을 들고 있는 자신 앞에서 옷을 벗는 캠퍼스페의 눈부신 알몸을 보고는 그만 사랑에 빠져버리고 말았지요. 나중에 이 사실을 안 대왕은 끓어오르는 분노와 질투를 가라앉히고선 "아름다움을 감상하는 데엔 나보다 예술가가 나을 것이니, 그대에게 캠퍼스페를 주겠다!"고 했대요. 아마 대왕의 관대함을 드러내려고 미화한 이야기겠지요.

시인 존 릴리는 이 전설에 신화적 상상력을 덧붙여 자신의 시에 담았어요. 사랑의 여신 아프로디테(비너스)의 아들 미소년 큐피드와 미녀 캠퍼스페가 내기 카드를 치게 한 것이죠. 큐피드는 첫 내기에 지자, 자신이 갖고 있는 것들을 차례로 겁니다. 활, 화살, 화살통, 산홋빛 입술과 장밋빛 뺨, 수정 같은 이마와 턱의 보조개, 심지어 어머니가 소중히 여기는 비둘기와 참새까지. 하지만 번번이 져서 다 잃고 말아요. 마지막으로 두 눈을 걸었는데 그마저 져서 그만 큐피드는 장님이 되고 말았다는 겁니다. 이를 지켜본 화자 아펠레스는 사랑의 신도 그녀에게 져 눈까지 멀었으니, 인간인 자신이 그녀를 차지하기엔 가망이 없겠다고 한탄합니다.

물론 전설 속에서는 아펠레스가 캠퍼스페를 자신의 아내로 삼는 것으로 나오죠. 하지만 존 릴리는 사랑에 관한 고대 그리스 전설과 신화를 자신의 독특한 시세계로 끌어들여서 'Love is Blind(사랑은 눈먼 것)'라는 보

편적 진실을 끌어냈어요. 자신만의 매력적인 버전으로
사랑에 관한 '이야기 시'를 창조한 것이죠.

수 세대를 통해 구전되는 이야기 속에는 책에서 배울
수 없는 삶의 지혜가 듬뿍 담겨 있어요. "사랑은 눈이
아니라 마음에 보이는 거란다. 그래서 사랑은 눈먼 큐
피드인 거야"라고 정답게 이야기를 들려주던 어머니와
할머니의 무릎베개는 지금은 어디로 가버린 것일까요?

존 릴리[1554~1606] 영국의 소설가 겸 극작가. 고대신화나 전설의 환상적이고도
낭만적인 분위기를 차용해 작품을 썼다. 이 시는 『알렉산더와 캠퍼스페』라는 장편
희극의 한 부분이다.

The Cloths of Heaven

William Butler Yeats

Had I the heaven's embroidered cloths

Enwrought with golden and silver light

The blue and the dim and the dark cloths

Of night and light and the half –light,

I would spread the cloths under your feet:

But I, being poor, have only my dreams;

I have spread my dreams under your feet;

Tread softly because you tread on my dreams.

하늘옷감

윌리엄 버틀러 예이츠

내게 금빛 은빛 실로 수놓은

하늘옷감이 있다면,

밤과 낮 그리고 황혼의

검고 푸르고 어스름한 옷감이 있다면,

그대 발밑에 깔아주련만:

나 가난하여 가진 것 꿈뿐이어서,

그대 발밑에 깔아 드리오니;

사뿐히 즈려밟고 가시옵소서 그대 밟고 가는 것 내 꿈이

오니.

김소월이 이 시에 영향을 받아 '진달래꽃'을 썼다고 전해지는 시입니다. 특히 마지막 행이 많이 비슷하죠. 〈터미네이터 4〉와 〈배트맨 비긴즈 2〉로 스타덤에 오른 배우 크리스천 베일이 주인공으로 나왔던 영화, 〈이퀄리브리엄〉에 이 시가 인용돼 젊은이들에게도 유명해졌지요. 〈이퀄리브리엄〉은 한눈에 보아도 조지오웰의 소설 『1984』를 연상시킵니다. 이 영화는 가상의 세계3차대전이 발발한 직후인 21세기 초, '리브리아'라는 독재국가를 배경으로 하고 있지요. 『1984』의 빅 브라더처럼 총사령관이 이 나라를 지배합니다. 어느 곳에나 텔레스크린을 통해 총사령관의 훈시가 방송되고, 사상경찰은 한시도 쉬지 않고 국민을 감시하죠. 심지어 가족끼리도 서로 감시하고 고발합니다.

이 영화가 소설 『1984』와 다른 점이 있다면, 인류역사를 전쟁과 파괴로 점철된 실패의 역사로 규정하고, 그 원인을 '인간의 감정'에 있다고 진단한 점이에요. 감정 때문에 미움과 증오가 생겨 서로 싸우고 죽이고 파괴했다는 것이죠. 그래서 이 나라에서는 인간의 감정을 완전 평정(이퀼리브리엄, equilibrium) 상태로 유지시키기 위해 '프로지움'이라는 약물을 매일 투여하는 것을 의무화합니다. 하지만 약물 투여를 거부하고 몰래 숨어 인류문화유산을 감상하며 감정을 느끼려는 감정유발자들이 있어요. 이들을 색출해 제거하는 임무를 띤 그라마톤 성직자, 존 프레스턴 역으로 크리스천 베일이 등장합니다. 그는 자신의 파트너 에롤 파트리지와 함께 감정유발자들을 찾아내 처벌하는 데 많은 공을 세우죠.

이 과정에서 영화의 핵심인 첫 번째 갈등이 일어나요. 파트너인 에롤 파트리지가 감정유발자가 간직하고 있던 책 한 권을 현장에서 소각하지 않고 몰래 가져오죠. 하지만 직관력이 뛰어난 존 프레스턴에게 들키고 말아요. 약물로 감정을 느끼지 못하는 존은 냉정하게 자신의 파트너를 총으로 쏩니다. 총알은 그의 머리에 박히기 전 그의 얼굴을 가리고 있던 책을 먼저 관통해요. 사람을 쏘았다기보다 책을 쏜 것이라는 메시지를 강조하려는 듯, 카메라는 한동안 바닥에 나동그라진 책을 응시합니다. 바로 에롤이 죽기 전 낭송했던 시 '하늘옷감'이 수록된 예이츠의 시집이었지요. 이 사건을 계기로 존에게 변화가 일어납니다. 그는 프로지움 약물투여를 거부하고 감정을 느끼게 되죠. 이어서 영화는 리브리아 독재체제와 홀로 싸우는 존의 화려한 액션장면으로 이

어집니다.

모든 것이 기계화, 자동화되어가는 현대문명 속에서
인간의 감정은 점점 메말라가고 있지요. 시는 감정의
마지막 보루입니다. 한 편의 시가 액션영화에 감성을
불어넣듯 한 편의 시가 부속품으로 전락한 인간을 기계
에서 떼어내죠. 언어로 짠 한 편의 시가 보석으로도 얻
지 못할 사랑을 부릅니다.

윌리엄 버틀러 예이츠(1865-1939) 아일랜드 시인 겸 극작가. 아일랜드의 전설과
신비주의를 시에 담았다. "나라의 영혼을 표현한 작품"이라는 평가를 받으며 1923
년 노벨상을 수상했다.

Meeting at Night

Robert Browning

The gray sea and the long black land;
And the yellow half – moon large and low;
And the startled little waves that leap
In fiery ringlet from their sleep,
As I gain the cove with pushing prow,
And quench its speed i' the slushy sand.

Then a miles of warm sea – scented beach;
Three fields to cross till a farm appears;
A tap at the pane, the quick sharp scratch
And a voice less loud, through its joys and fears,
Than two hearts beating each to each!

밤의 재회

로버트 브라우닝

회색 바다와 길고 검은 흙길

크고 낮게 떠 있는 노란 반달

뱃머리를 밀며 만에 이르러

질퍽한 모래바닥에 속도를 줄이자

잠에서 깬듯 불 고리를 이루며

놀라 뛰는 작은 파도들

이어 따뜻한 바다냄새 나는 일 마일의 해안 길을 지나

들판 셋을 가로질러 마침내 나타나는 농가 하나;

창문 한 번 두드리니, 빠르고 예리하게 성냥 긁는 소리

기쁨과 두려움으로 고동치는 두 심장보다

작은 목소리 하나!

사랑은 머리로 하는 것이 아니라 가슴으로 하는 것이죠. 그래서인지 좋아하는 사람 앞에만 서면 말도 못하고 가슴만 쿵쾅쿵쾅 방망이질해댑니다. 때로 사랑은 국경, 나이, 피부색, 신분까지도 초월한다고 하죠. 이는 인간의 머리로 만든 어떤 제도와 관념으로도 개인이 느끼는 사랑이라는 감정을 가두거나 길들일 수 없다는 말일 거예요. 하지만 시대와 장소에 따라 인간이 만든 관습은 끊임없이 사랑을 가두고 길들여 왔지요. "외국인은 안 된다!" "어떻게 자식뻘 되는 사람과 결혼할 수 있니?" "뭐! 대학도 안 나왔다고?" 이런 식으로.

브라우닝은, 청교도의 엄격한 도덕과 관습이 인간 삶에 두루 영향을 미친 19세기 영국 빅토리아시대 사람이었어요. 이 시는 어떤 이유인지는 드러나지 않지만 남몰래 만나야만 하는 연인의 만남을 묘사하고 있습니다. 그래서 제목이 '밤의 재회'예요.

이 은밀한 만남을 위해 화자는 먼 밤길을 갑니다. 흙길을 따라 바다에 이르러 배를 저어 건너편 작은 만에

도착해요. 그러고는 다시 해안 길을 따라 들판 셋을 가로질러 갑니다. 마침내 나타난 작은 농가의 불 꺼진 창문을 조심스럽게 한 번 두드리죠. 안에서 성냥 긋는 소리가 들리고 작은 목소리가 성냥 불빛 사이로 새어나옵니다.

　사랑할 때만큼 감정이 뜨거워지는 경우가 또 있을까요. 심장에 불이라도 난 것 같죠. 끓는 솥의 뚜껑을 닫으면 더욱 세게 끓어오르는 것처럼, 금지된 사랑의 감정은 더욱 애타게 끓는 법입니다. 이 시는 은밀히 연인을 만나러 가는 사람의 감정을 주변 경치를 통해 아주 섬세하게 드러내고 있어요. 사랑으로 인해 아주 예민해진 감각으로 말이죠. 화자의 시각은, 바다와 흙길과 반달이 각기 다른 색을 띠고 있고, 작은 파도들이 불 고리를 이루며 달빛에 부서지는 것을 볼 수 있을 정도로 예민해요. 촉각 역시, 빠진 발에서 모래바닥의 질편함을 느낄 정도로 예민하죠. 해안 길 따라 불어오는 따뜻한 바다냄새에 후각이 반응하고, 마침내 터질 것같이 고동치는 심장소리와 작고 여린 연인의 목소리에 청각은 절정에 도달하죠. 물론 경치를 통해 드러나는 화자의 예민해진 감각은 만나러 가는 연인에 대한 느낌과 모두 은밀하게 연결돼 있습니다.

100년 전 연인들의 더딘(금지된) 사랑을 통해 살아나는 섬세한 감각과 비교해 지금 우리의 감각은 어떨까요? 남몰래 하는 사랑이라도 전화 한 통이면 즉시 연인의 목소리를 듣고 얼굴도 볼 수 있으니 확 달아올랐다 이내 식어버리는 '냄비감각' 같지는 않을까요?

로버트 브라우닝(1812~1889) 영국의 시인이자 극작가. 인간의 강렬한 열정을 힘차게, 극적으로 시에 담았다. 아내인 엘리자베스 브라우닝과 부부의 사랑을 노래한 시로 유명하다.

Let It Be Forgotten

Sara Teasdale

Let it be forgotten as a flower is forgotten.

Forgotten as a fire that once was singing gold.

Let it be forgotten forever and forever,

Time is a kind friend, he will make us old.

If anyone asks, say it was forgotten

Long and long ago,

As a flower, as a fire, as a hushed footfall

In a long –forgotten snow.

잊어버려요

새러 티즈데일

잊어버려요 꽃을 잊듯
잊어버려요 한때 황금빛으로 이글거렸던 불을 잊듯
잊어버려요 영원히 영원히
세월은 다정한 벗, 그와 함께 우리도 늙어갈 거예요.

혹 누가 묻거든 잊었다 말해주세요
아주아주 오래 전에,
꽃처럼 불처럼, 오래전 잊힌 눈 위
속삭이던 발자국처럼.

꽃이 지지 않는다면 어떨까요. 젊음이 늙지 않는다면 어떨까요. 아마도 영원히 피어 있는 꽃엔 환희의 눈길이 머물지 않을 테고, 영원한 청춘엔 지혜가 깃들지 못할 거예요. 꽃은 져서 아름답고 청춘은 늙어서 소중한 것. 만물은 세월과 더불어 사라져 가는 것이기에 그 존재가치가 더욱 빛나는 것일 테니까요.

사랑도 마찬가지일 겁니다. 꽃이 지듯 불같이 뜨거웠던 사랑도 식기 마련이죠. 함께 걸었던 눈 위 발걸음도 이내 녹아 없어지듯 시간이 지나면 모두모두 잊히기 마련입니다. 그래도 못 잊는 사람이 있다면 그 사람은 과거에 묻혀서 오늘을 살아갈 수 없을 거예요. 그래서 세월은 어제의 벗이 아니라 언제나 다정한 오늘의 벗이지요. 비록 우리를 늙게 해도 말입니다.

아무리 그렇다 해도 꽃같이 화려했던 불같이 뜨거웠던 그 시절, 그 사람을 어디 그리 잊기 쉬운가요. 그래서 시인은 지나치다시피 반복하며 자기최면을 걸고 있어요. "잊어버려요 잊어버려요 잊어버려요." 아! 얼마나

뜨거웠으면 얼마나 아름다웠으면 이렇게 애타게 힘들
게 잊으려할까요.

새러 티즈데일[1884~1933] 미국의 여류시인. 개인적인 주제를 다룬 섬세하고 감
미로운 서정시로 유명하다. 『사랑의 노래(1971)』로 퓰리처상을 받았다.

Experience

Dorothy Parker

Some men break your heart in two,

Some men fawn and flatter,

Some men never look at you;

And that cleans up the matter.

경험

도로시 파커

어떤 남자는 네 가슴을 둘로 찢어놓고,

어떤 남자는 네가 우쭐하도록 치켜세우고,

어떤 남자는 너를 쳐다보지도 않았지;

하지만 그게 다 문제를 해결해주는 거야.

경험(experience)의 반대는 순진(innocence)인데요, 이 순진의 원형을 서구문명에서는 최초 인류의 삶터인 에덴동산에서 찾아요. 에덴은 오로지 선한 것만 존재하는 '순진의 천국'이에요. 병, 굶주림, 고통, 죽음, 죄, 거짓 등등의 악한 것은 존재하지 않았지요. 존재하지 않으니 최초의 인류인 아담과 이브의 의식 속에는 악에 대한 개념조차 없었어요. 그러니 에덴동산에는 지금 세상의 반만 존재한 셈입니다.

그러나 사탄의 유혹에 넘어간 아담과 이브는 금단의 열매를 따먹다가 신의 노여움을 사서 낙원에서 쫓겨나죠. "그 열매만은 따먹지 말라", 이건 아담과 이브가 신과 맺은 유일한 약속이었어요. '어김'이란 최초의 악을 행한 아담과 이브는 즉시 벌거벗은 자기 몸을 가립니다. '부끄러움'을 처음으로 알게 된 것이죠. 이어서 자기 죄를 남의 탓으로 돌리는 '미움과 시기'가 그들 마음속에 들어왔어요. 에덴동산에서 쫓겨난 남자는 들에 나가 해가 질 때까지 밭을 가는 고역을 하게 되고 여자는 출산의 진통을 겪게 됐죠. '고통과 굶주림'이 인간세상에 들어오게 된 것입니다.

에덴에서 쫓겨난 인류는 그냥 따먹기만 하면 되었던
것을, 이젠 경작해야만 밥을 먹을 수 있게 됐어요. 경작
하다를 영어로 'cultivate'라고 하는데, 문명이라는 뜻의
단어 'culture'가 바로 이 'cultivate'에서 나온 거예요.
그러니까 서구에서는 지식축적의 결과물인 문명이 아이
러니하게도 최초 인류의 타락에서 비롯됐다고 본 것이죠.
그래서 문학에서는 이 타락을 '다행스런 타락'이라고 부
르기도 해요. 타락이 없었다면 문명도 없었을 테니까요.

이는 개인의 성장에도 적용할 수 있어요. 개인의 성장
에도 지식과 경험이 쌓이는 게 절대적으로 필요하죠.
하지만 경험(experience)의 축적이란 필연적으로 순진
(innocence)함의 상실을 의미하기도 해요. 문학의 영
원한 주제인 '나는 누구인가'는 '순진에서 경험으로' 떠
나는 자아탐구 같은 것입니다. 순진함이 경험으로 바뀌
어 가면서 세상과 나를 알아가고, 문제를 해결해가는
것(clean up the matter)이지요.

도로시 파커(1893~1967) 미국의 시인이자 소설가. 드라마 비평가로 활약했으나
신랄한 독설로 물의를 일으킨 뒤로 자유기고가로 활동했다. 위트와 냉소가 가득한
시와 소설로 유명하다.

Touched by an Angel

Maya Angelou

We, unaccustomed to courage

exiles from delight

live coiled in shells of loneliness

until love leaves its high holy temple

and comes into our sight

to liberate us into life.

Love arrives

and in its train come ecstasies

old memories of pleasure

ancient histories of pain.

Yet if we are bold,

love strikes away the chains of fear

from our souls

We are weaned from our timidity

In the flush of love's light

we dare be brave

And suddenly we see

that love costs all we are

and will ever be.

Yet it is only love

which sets us free

천사의 손길

마야 안젤루

사랑이 높고 거룩한 사원을 떠나서
우리 눈앞에 나타나
삶 속으로 우리를 풀어놓을 때까지
용기에 익숙지 않은 우리는
기쁨에서 떨어져 나온 망명자들로
외로운 조개껍질 속에서 웅크린 채 살아간다.

사랑은 온다
기차처럼 연이어 환희와
즐거웠던 옛 기억과
고통스런 과거 역사를 끌고서
하지만 우리가 담대하기만 하다면,
사랑은 우리 영혼에서 일어나는
두려움의 사슬을 끊어버릴 수 있다

우리는 젖을 떼듯 우리의 소심함으로부터 떨어져 나온다.
쏟아지는 사랑의 빛 속에서

우리는 담대해진다.
그리고 갑자기 깨닫는다.
사랑은 우리의 모든 것을 대가로 요구하고
앞으로도 그럴 테지만
우리를 자유롭게 하는 것은
오로지 사랑뿐이라는 사실을

생자필멸(生者必滅) 회자정리(會者定離)란 고사성어가 있죠. "태어난 것은 반드시 죽고, 만남에는 반드시 헤어짐이 있다"는 말입니다. 그렇다고 죽기 무서워 태어나지 않고 헤어지기 싫어 만나지 않는다면 어떻게 될까요. 그렇다면 나도 없고 너도 없어 결국 우리란 없을 거예요. 아버지 어머니가 만나서 내가 있고 죽음으로 부모님과 헤어지듯, 태어남으로 자식과 만남이 있는 것이니까요. 그래서 만남에는 헤어짐이 있듯 '헤어짐 또한 만남이 있다'해서 거자필반(去者必返)이라고도 합니다.

'태어나고 죽고 만나고 헤어지고 헤어지고 또 만나'는 인생 수레바퀴의 축이 바로 '사랑'입니다. 사랑이라는 축에 만남과 헤어짐, 생과 사가 연결돼 인생이 돌아가는 것이지요. '희노애락(喜怒哀樂)'이라는 인간 감정의 모든 것이 사랑 속에 들어 있습니다. 그래서 시인 마야 안젤루는 혼자 외로움과 소심함 속에 웅크려 있지 말고 담대하게 삶 한가운데로 나오라고 해요. 삶의 축이 되는 사랑을 용감하게 받아들이라는 겁니다. 비록 사랑이

또 다른 헤어짐과 슬픔, 아픔의 대가를 요구하더라도 말이죠.

　사랑이라는 열병을 앓아본 사람은 알지요. 그것은 머리가 뜨거워지는 것이 아니라 온몸이 감전된 듯 달뜨는 거라는 걸. 그래서 때로는 감정이 소용돌이치는 사랑의 열병 속에 자신의 삶이 갇혀 있는 것처럼 보이기도 하죠. 하지만 삶은 우리 몸을 통해서만 흘러가는 것이기에 사랑열병 없는 삶이 무엇인지 도무지 알 길이 없습니다. 삶에 대한 무지야말로 우리 영혼을 구속하는 진짜 범인이지요. 그러니 사랑이야말로 삶의 무지에 갇힌 우리의 몸과 영혼을 자유롭게 하는 것입니다. 천사의 손길(touched by an angel)처럼 말이지요.

마야 앤젤루(1928~2014)　미국의 시인이자 소설가. 토니 모리슨, 오프라 윈프리와 함께 미국에서 가장 영향력 있는 흑인 여성 중 한 명이다. 개인적인 고통과 생활고를 이겨내고 울림이 있는 여러 작품들을 발표했다.

Ice and Fire

Edmund Spenser

My love is like to ice, and I to fire:

How comes it then that this her cold so great

Is not dissolved through my so hot desire,

But harder grows the more I her entreat?

Or how comes it that my exceeding heat

Is not allayed by her heart – frozen cold,

But that I burn much more in boiling sweat,

And feel my flames augmented manifold?

What more miraculous thing may be told,

That fire, which all things melts, should harden ice,

And ice, which is congeal'd with senseless cold,

Should kindle fire by wonderful device?

Such is the power of love in gentle mind,

That it can alter all the course of kind.

얼음과 불

에드먼드 스펜서

그녀는 얼음 같고, 나는 불같은데:

그녀 마음은 어찌나 차가운지

내 뜨거운 열정으로도 녹지 않고

애원할수록 더욱 차가워만지는구나.

어찌된 게 내 넘쳐나는 열기는

얼어붙은 그녀의 심장에도 누그러지지 않고,

오히려 더욱 땀이 끓는 듯

여러 겹 불꽃으로 타오르니

이보다 더 놀라운 일이 어디 있을까,

모든 것을 녹이는 불이 얼음을 굳게 하고

무감각한 차가움으로 굳은 얼음이

놀라운 장치로 불을 지피니.

순진한 마음에 깃든 사랑의 힘이란 어찌나 큰지

모든 성질을 다 바꾸는구나.

'짝사랑'이라는 열병을 앓아본 적이 있나요? 그녀가 쌀 쌀맞고 매정할수록 그녀를 향한 열정은 더욱 뜨거워지 는 열병. 이 역설적인 열병은 어떤 해열제로도 내려가 지 않는 가슴앓이죠. 다가갈수록 더욱 굳어지는 그녀의 표정. 애원할수록 앙다물어지는 그녀의 입술과 얼음장 같이 하얗게 굳는 뺨. 그런데 왜 그런 그녀가 더욱 예뻐 보이는 걸까요? 경험해보지 않은 사람은 절대 알 수 없 죠. 어떤 논리로도 설명할 수 없는 감정의 신비. 아! 시 나 노래로밖에 달래볼 길 없는 슬픈 짝사랑.

에드먼드 스펜서(1522~1599) 영국의 시인. 약동하는 이미지의 아름다움을 리듬감 있게 표현했다. 미완성의 대작인 장편서사시 『선녀여왕』을 썼다.

Silver

Walter de la Mare

Slowly, silently, now the moon

Walks the night in her silver shoon;

This way, and that, she peers, and sees

Silver fruit upon silver trees;

One by one the casements catch

Her beams beneath the silvery thatch;

Couched in his kennel, like a log,

With paws of silver sleeps the dog;

From their shadowy cote the white breasts peep

Of doves in silver feathered sleep

A harvest mouse goes scampering by,

With silver claws, and silver eye;

And moveless fish in the water gleam,

By silver reeds in a silver stream.

은빛

월터 드 라 메어

달이 은빛 신발을 신고

천천히 고요하게 밤길을 걸어간다.

이곳저곳을 기웃거리다

은빛 나무 위 은빛 열매를 쳐다본다.

창문들은 하나씩 하나씩

초가지붕 밑 은빛 달빛을 붙잡고;

은빛 발을 밖으로 드러내고 나무토막인 양

제 집 안에서 웅크린 채 개가 잠들어 있다.

그림자 드리운 새집에 하얀 가슴 은빛 날개를 한 비둘기

잠자는 모습이 얼비추고

은빛 발톱에 은빛 눈을 한

한가위 쥐가 날쌔게 달아난다.

은빛 시냇물 은빛 갈대 곁에서

꼼짝 않는 물고기가 빛난다.

같은 빛이지만 햇빛과 달빛은 그 느낌이 참 다르죠. 햇빛이 직선이라면 달빛은 곡선이라 할 수 있어요. 그래서 햇볕은 따갑고 달빛은 부드럽지요. 햇빛이 드러내는 빛이라면 달빛은 감추는 빛이에요. 그래서 햇빛은 깨우고 달빛은 재우죠. 하지만 햇빛은 사물은 깨우되 그것의 표정을 지우는 반면 달빛은 사물을 재우되 표정을 살아나게 해요. 해는 항상 같은 모습으로 뜨고 지지만 달은 차고 기울며 다른 모습으로 뜨고 지니까요.

이 시는 달의 이런 특징을 매력적으로 표현하고 있어요. 달을 은빛(silver shoon) 신발을 신고 밤길 산책에 나서는 '달빛요술공주'처럼 묘사하고 있습니다. 호기심 어린 눈으로 땅 밑 풍경을 기웃거릴 때마다 그녀의 은빛(silver) 마술에 걸린 듯 모두 은빛을 발해요. '은빛 열매, 은빛 창, 은빛 비둘기, 은빛 개, 은빛 쥐, 은빛 물고기.' 햇빛 아래에서는 훤히 드러나 백지장 같던 평면적인 표정이, 드러내면서 감추는 달빛 아래에서는 입체적인 표정으로 살아나지요. 달빛 흐르는 시냇가 갈대숲 사이로 반짝이는 은빛 물고기의 모습에서는 어떤 신비감마저

감돕니다. 모두 달빛공주의 은빛 마술 때문이지요.

　해가 이성을 깨운다면 달은 감성을 자극해요. 그래서 달빛소나타는 있어도 햇빛소나타는 없는가 봅니다. 우리말에 '흥분되어 들썽거리다'는 뜻의 '달뜨다'는 말이 있지요. 달이 뜨면 마음도 덩달아 달뜨는가 봐요. 모두가 달빛요술공주의 마법 때문이랍니다.

월터 드 라 메어[1873~1956] 영국의 시인. 가족의 생계를 위해 18년 동안 기름공장에서 일한 후 20대 중반에 이르러서야 집필활동을 시작했다. 유행을 따르는 대신 독창적이고 기교 넘치는 시와 이야기로 명성을 얻었다.

We Are the Music-Makers

Arthur William Edgar O'Shaughnessy

We are the music – makers,

And we are the dreamers of dreams,

Wandering by lone sea – breakers,

And sitting by desolate streams.

World – losers and world – forsakers,

Upon whom the pale moon gleams;

Yet we are the movers and shakers,

Of the world forever, it seems.

With wonderful deathless ditties

We build up the world's great cities,

And out of a fabulous story

We fashion an empire's glory:

One man with a dream, at pleasure,

Shall go forth and conquer a crown;

And three with a new song's measure

Can trample an empire down.

We, in the ages lying

In the buried past of the earth,

Built Nineveh with our sighing,

And Babel itself with our mirth;

And o'erthrew them with prophesying

To the old of the new world's worth;

For each age is a dream that is dying,

Or one that is coming to birth.

우리는 음악을 만드는 사람들

아서 윌리엄 에드가 오쇼네시

우리는 음악을 만드는 사람들
꿈꾸는 몽상가,
외로운 파도를 따라 유랑하고,
쓸쓸한 시냇가에 앉은,
세상의 실패자들 세상을 등진 자들
우리를 비추는 건 창백한 달빛;
하지만 우리는 영원히 세상을 움직이는 자,
뒤흔드는 자일지도 몰라.

우리는 불후의 소곡(小曲)으로
세계의 위대한 도시를 세우고,
멋진 이야기로
제국의 영광을 만들어내지:
한 사람이 꿈을 들고
출정해 제왕을 정복하고;
세 사람이 새로운 곡을 들고
제국을 짓밟아 넘어뜨릴 수도 있지.

우리는 오랫동안 누워
땅속 과거로 묻혀 있는
니느웨*를 한숨으로 세우고,
바벨**을 기쁨으로 세웠어;
그러고는 새 시대 가치를 구시대에게 예언함으로
그것들을 무너뜨렸지;
각각의 시대는 사라져가는 꿈이거나
태어나는 꿈이기에.

* 고대 아시리아 제국에서 가장 오래되고 인구가 많았던 도시
** 메소포타미아 남쪽에 위치한 고대 왕국

예술가들이 만드는 작품은 기계로 만드는 제품과는 근본적으로 다르지요. 기계로 만든 제품은 처음부터 대량 생산을 위해 복제가 가능하도록 고안된 상품이지만 작품은 애당초 복제가 불가능하거나 무의미하도록 창조된 예술품이에요. 태초에 무에서 유를 창조한 창조주처럼 예술가도 어떤 모형이나 주조틀 없이 세상에서 단 하나밖에 없는 자기만의 작품을 창작하죠.

예술가들에게 있어 작품을 창작하는 원동력은 아마 '상상력'일 거예요. 상상력엔 고정된 틀이 없어 복제가 불가능하죠. 형체도 없어 누구에게서 빼앗을 수도 없고요. 또한 현실의 어떤 제도나 관습에 얽매이지 않으니 붙잡아 매둘 수도 없습니다. 그래서 "우리는 음악을 만드는 사람들(We are the music makers)"이라는 예술가의 선언 뒤에는, "우리는 그 무엇에도 구속되지 않는 자유로운 영혼의 소유자들"이라는 무언의 선언이 들어 있지요.

이런 자유로운 영혼의 예술가들은 필연적으로 현실

세계와 충돌할 수밖에 없어요. 현실세계는 제도와 규율로 질서를 유지하려는 권력의 세계니까요. 자유로운 상상력을 꿈꾸는 예술가들에게 권력에 의한 질서는 질식일 뿐이죠. 그래서 그들은 스스로 세상을 등지고 유랑의 길을 선택해요. 하지만 단순히 떠도는 것만은 아니에요. 구름처럼 바람처럼 떠돌며 자유의 노래를 짓지요. 이렇게 그들이 지어 부르는 노래는 또 구름처럼 바람처럼 때론 성난 파도처럼 떠돌아다니며 사방으로 퍼져 세상의 권력을 흔들고 무너뜨리기까지 합니다. 지나간 과거를 다시 불러내기도 하고, 미래를 앞당기기도 하죠. 어쩌면 그들은 미래의 새로운 가치를 꿈꾸는 혁명가이거나 예언자인지도 모릅니다.

아서 윌리엄 에드가 오쇼네시[1844~1881] 아일랜드계 영국시인. 대영박물관 도서관의 필사가로 일하면서 네 편의 시집을 남겼다. 이 시가 수록된 『음악과 달빛(1874)』이 대표시집이다.

Do not stand at my grave and weep

Anonymous

Do not stand at my grave and weep

I am not there. I do not sleep.

I am a thousand winds that blow.

I am the diamond glints on snow.

I am the sunlight on ripened grain.

I am the gentle autumn rain.

When you awaken in the morning's hush

I am the swift uplifting rush

Of quiet birds in circled flight.

I am the soft stars that shine at night.

Do not stand at my grave and cry;

I am not there. I did not die.

내 무덤가에 서서 울지 말아요

작자미상

내 무덤가에 서서 울지 말아요.

나는 거기 없어요. 나는 자고 있지 않답니다.

나는 사방에서 불어오는 천 개 바람이에요.

나는 다이아몬드처럼 빛나는 눈이지요.

나는 여문 곡식 위 눈부신 햇살이랍니다.

나는 부드러운 가을비예요.

고요한 아침에 당신이 깨어날 때

나는 원을 그리며 조용히 날다가

빠르게 솟구쳐 오르는 새무리지요.

나는 한밤에 부드럽게 빛나는 별무리랍니다.

내 무덤가에 서서 울지 말아요.

나는 거기 없어요. 나는 죽지 않았답니다.

9·11 테러 1주기 때 아버지를 잃은 한 소녀가 이 시를 암송해 전 세계인들을 숙연케 했지요. 원래는 인디언들의 노래였다고도 하고 혹자는 미국인 매리 프라이(Mary E. Frye)가 썼다고도 하지만 분명치는 않아요. 죽은 자가 산 자에게 보내는 따뜻한 위로 때문에 주로 장례식 때 많이 낭송되곤 하는 시입니다. 이 시에 곡을 붙여 많은 가수가 부르기도 했는데요, 특히 리베라(Livera) 소년 합창단이 부른 곡이 아름다워요.

이승을 떠나는 자는 이승에 속한 모든 것을 남겨놓고 가야 합니다. 사랑하는 부모, 가족, 친구, 연인 그리고 자기 이름까지도 놓고 가야 하죠. 헤어지는 슬픔까지도 놓고 가야 합니다. 슬픔은 이승에 속한 것이니 이승에 남아 있는 자의 몫이지요. 그래서 이 시는 죽은 자의 목소리를 빌려 산 자를 위로해요. 울지 말라고. 나는 죽은 게 아니라 바람으로, 눈과 여문 낱알에 부서지는 햇살로, 가을비로, 새와 별무리로 언제나 당신 곁에 있으니 더 이상 슬퍼하지 말라고 죽은 자의 손으로 산 자의 눈물을 닦아줍니다.

The Clod and the Pebble

William Blake

"Love seeks not Itself to please,

Nor for itself hath any care;

But for another gives its ease,

And builds a Heaven in Hell's despair."

So sang a little Clod of Clay,

Trodden with the cattle's feet;

But a Pebble of the brook,

Warbled out these metres meet.

"Love seeks only Self to please,

To bind another to Its delight:

Joys in another's loss of ease,

And builds a Hell in Heaven's despite."

흙덩이와 조약돌

윌리엄 블레이크

"사랑은 자신을 위해 즐거움을 구하지 않고,
자신을 돌보지도 않아요;
대신 자신의 평안을 다른 이에게 줍니다,
그래서 절망뿐인 지옥에서도 천국을 건설하지요."

가축의 발에 밟히면서
작은 흙덩이가 노래했지요;
그러자 시냇가 조약돌이
재잘대며 이렇게 되받았어요.

"사랑은 자신을 위해 즐거움을 구하지,
자신의 기쁨을 위해 다른 이를 구속하고:
다른 사람의 평안을 빼앗아 자신의 즐거움을 추구하지,
그래서 천국에서도 지옥을 건설하는 거야."

시인은 사랑의 상반된 속성을 흙덩이와 조약돌에 빗대어 묘사하고 있습니다. 흙덩이는 자기희생적이고 이타적인 사랑의 속성을 대변하지요. 이런 사랑은 흙덩이처럼 이렇다 할 자신의 형체를 갖지 않아요. 밟혀(trodden)서 다른 사람의 발자국을 자신의 가슴에 남깁니다. 한편으론 순수하지만 다른 면에선 순진(innocence)하죠. 아직 세상 때가 묻지 않은 까닭입니다.

조약돌은 자기주장적이고 이기적인 사랑의 또 다른 속성을 대변해요. 흙덩이와 다르게 조약돌은 단단한 자신만의 형체를 갖고 있죠. 이런 사랑은 자기를 주장하기 위해 다른 사람을 구속(bind)하기 마련입니다. 순수와 순진함을 잃어버린 대신 세상의 온갖 경험(experience)으로 무장된 사랑이죠.

왜 조건 없이 나를 주고 용서하며 사랑하는 첫사랑은 이루어지기가 힘든 걸까요? 왜 신혼의 단꿈은 짧기만 한 걸까요? 최승호 시인의 「오징어 3」이라는 시가 그 이유를 '숨 막힐' 정도로 섬뜩하게 잘 그려내고 있네요.

오징어 3

최승호

그 오징어 부부는
사랑한다고 말하면서
부둥켜안고 서로 목을 조르는 버릇이 있다

The Perfect Friend

Shannen Wrass

Today I found a friend

who knew everything I felt

she knew my weakness

and the problems I've been dealt.

She understood my wonders

and listened to my dreams,

she listened to how I felt about life and love

and knew what it all means.

Not once did she interrupt me

or tell me I was wrong

she understood what I was going through

and promised she'd stay long.

I reached out to this friend,

to show her that I care

to pull her close and let her know

how much I need her there.

I went to hold her hand

to pull her a bit nearer

and I realized this perfect friend I found

was nothing but a mirror.

완벽한 친구

새넌 라스

오늘 나는 내가 느끼는 모든 것을 아는
한 친구를 발견했다
그녀는 내 약점을 알고
내가 겪은 문제들을 안다
그녀는 내 놀라움을 이해하고
내 꿈에 귀 기울인다.
그녀는 인생과 사랑에 대한 내 느낌을 귀담아듣고
그것들이 의미하는 바를 모두 안다.
그녀는 한 번도 내 얘기에 끼어들어
내가 틀렸다고 말한 적이 없다.
그녀는 내가 겪고 있는 것을 이해하고
오랫동안 내 곁에 머물겠노라고 약속했다.

내가 그녀를 사랑한다는 걸 보여주려고
그녀를 내 가까이로 당겨
내가 얼마나 그녀를 필요로 하는지 알게 하려고
나는 그녀에게 손을 뻗었다.
그녀의 손을 잡으려고 그녀를 조금 더 내게로 당기려고
나는 그녀에게로 다가갔다
그리고 나는 깨달았다 내가 발견한 그 완벽한 친구는
단지 거울이었음을.

못생겼다고 성격이 까탈지다고 해서 나를 외면하지 않는 친구. 작은 것에도 함께 감동하고 기뻐해주는 친구. 사랑의 실연을 누구보다도 가슴 아프게 지켜보고 인생에 대한 내 개똥철학을 귀담아들어주는 친구. 내가 살면서 겪은 사소한 것들까지도 속속들이 다 알고 있는 친구. 그러면서도 입이 무거워 나에 대한 비밀을 절대 입 밖에 내지 않는 친구. 내가 필요로 할 때면 언제나 그곳에서 나를 기다리는 친구. 영원히 내 곁에 있어주기로 굳게 굳게 약속한 친구.

이런 친구를 가진 사람은 얼마나 행복할까요. 곁에 그런 친구 하나 있다면 어떤 시련이 닥쳐도 이겨낼 수 있을 텐데요. 나 자신보다 나를 더욱 사랑할 수 있을 것 같은 친구. 그를 위해서라면 내 목숨까지도 아깝지 않을 것 같은 친구. 그런 완벽한 친구가 과연 있을까요. 아! 눈물겹게 아름다운 거울 속 그 친구.

섀넌 라스 미국 위스콘신에서 활동 중인 시인으로 확인된다. 「완벽한 친구」를 비롯해 몇 편의 시만 알려졌을 뿐, 그의 삶은 찾아내기 어렵다. 언어를 통해 사람의 감정을 세밀하고 아름답게 표현한다.

2장

솔직함, 혼자 있을 때 알게 되는 내 모습

Blue Girls

John Crowe Ransom

Twirling your blue skirts, traveling the sward
Under the towers of your seminary,
Go listen to your teachers old and contrary
Without believing a word.

Tie the white fillets then about your hair
And think no more of what will come to pass
Than bluebirds that go walking on the grass
And chattering on the air.

Practice your beauty, blue girls, before it fall;
And I will cry with my loud lips and publish
Beauty which all our power shall never establish,
It is so frail.

For I could tell you a story which is true;

I know a lady with a terrible tongue,

Blear eyes fallen from blue,

All her perfections tarnished – yet it is not long

Since she was lovelier than any of you.

푸른 소녀들

존 크로우 랜섬

푸른 스커트자락 펄럭이며
신학교 탑 아래 풀밭을 지나
늙고 고집 센 선생들의 강의를 들으러 가보렴
단 그들의 말은 한마디도 믿지는 말고,

풀밭 위를 거닐며
공중에서 재잘대는 파랑새처럼
무슨 일이 벌어질지 생각일랑 말고
하얀 리본으로 머리를 묶으렴.

푸른 소녀들아, 시들기 전에 네 아름다움 발휘해보렴;
그러면 나의 시끄러운 입술로 소리쳐 공표할 테니
아름다움은 아무리 해도 굳게 잡아둘 수 없는
연약한 것이라고.

그건 내가 들려줄 수 있는 경험에서 나온 것이지;
나는 혀가 사나운 여인을 알고 있는데

어느덧 그녀의 푸르던 눈은 흐릿해지고
모든 완벽함도 퇴색해버렸지 – 하지만 얼마 전만 해도
너희 중 어느 누구보다 사랑스러웠단다.

어렸을 때 할아버지 할머니를 보며 '내게도 70세, 80세라는 나이가 올까. 으! 말도 안 돼!'라고 생각한 적이 있죠. 세월이 '흐르는 물 같다'거나 '날아가는 화살 같다'는 건 어르신들에게만 해당되는 말이지 푸릇푸릇한 내게는 아무 상관없는 옛말로만 들린 겁니다. 이 시의 화자도 푸른 스커트를 입은 소녀에게 '세월의 무상함'에 대해 말하면서, "할 수 있을 때 장미를 모으라(Gather roses while you may)"는 속담처럼 내일 무슨 일이 일어날지 생각 말고 오늘 네 아름다움을 뽐내라고 충고해요.

하지만 어렸을 때 어른들이 늘어놓았던 옛말처럼 단순히 세월의 무상함에 대한 충고였다면 아마 귀에 들어오지도 않았을 거예요. 그래서 시인은 자신의 이야기를 들려주는 충격요법을 쓰죠. 그가 알고 있었던 여인도 푸른 소녀들처럼 푸른 눈과 완벽한 몸매를 가졌었는데 지금은 다 망가졌다는 거예요. 하지만 이런 일반적인 사실로는 별 충격을 줄 수 없겠죠. 충격은 이 일반적인 진술에 냉소적인 어조를 얹힌 마지막 말에서 와요.

그 여인이 얼마 전까지만 해도 '너희들 푸른 소녀 누구보다도 사랑스러웠다'는 말. 아마 이 말 한마디에 푸른 소녀들의 고운 피부에 소름이 확 돋았을 거예요. 시는 진리의 언어라기보다 '놀람의 언어'랍니다.

존 크로우 랜섬[1888-1974] 미국의 시인, 수필가이자 대학교수. 20세기 미국 인문 지성을 대표하는 사람 중의 한 명으로 학계와 문학계에 지대한 영향을 미쳤다.

I'd Like to be a Lighthouse

Rachel Lyman Field

I'd like to be a lighthouse

All scrubbed and painted white.

I'd like to be a lighthouse

And stay awake all night

To keep my eye on everything

That sails my patch of sea;

I'd like to be a lighthouse

With the ships all watching me.

등대가 되고 싶어요

레이철 리먼 필드

등대가 되고 싶어요.

깨끗이 닦아 하얀 칠을 한

등대가 되고 싶어요.

밤새 깨어서

내 구역을 항해하는

모든 걸 지켜보는

등대가 되고 싶어요

온갖 배들이 나를 바라보는.

나침반이 발명되기 전에 북극성은 여행자들의 소중한 길잡이 였어요. 지구의 자전과 공전으로 하늘의 모든 별자리들이 움직일 때, 오직 북극성만이 움직이지 않고 유난히 밝은 빛으로 항상 북쪽을 가리키기 때문이죠. 그래서 변함없이 자기 자리를 지키며 다른 사람들에게 삶의 푯대가 되는 사람을 가리켜 흔히 북극성 같은 존재라고 말하곤 합니다.

밤낮 쉬지 않고 하얀 탑과 명멸하는 불빛으로, 항해하는 배에게 항로를 알려주는 등대는 북극성과 같은 존재라고 할 수 있을 거예요. 폭풍우로 지친 배에게는 항구의 불빛이 돼주고, 길을 잃은 배에게는 물길 비표가 돼주고, 망망대해 외롭게 떠도는 배에게는 뭍의 소식을 전해주고, 넋 놓고 지나가는 배에게는 물 밑 위험을 경고하는 등대.

그러고 보니 등대는 시인과도 닮은 것 같아요. 북극성 같은 정신으로 항상 깨어 시대의 어둠을 밝히고, 어머니 같은 손으로 약하고 여린 것들의 아픔을 만져주고,

그들의 속울음을 대신 울어주는 고독한 불빛 영혼의 소
유자. 깨끗이 닦아 온통 하얘진 마음 종이에 불빛 시를
적어 밖으로 내보내는, 보면 볼수록 밝게 빛나는 등대
시인.

레이철 리먼 필드[1894~1942] 미국의 시인. 1920년대와 1930년대 크랜베리 섬
에서의 즐거웠던 경험을 시 「Cranberry Road and If Once You Have Slept on an
Island」로 썼다.

The Rainbow

William Wordsworth

My heart leaps up when I behold

A rainbow in the sky:

So was it when my life began;

So is it now I am a man;

So be it when I shall grow old,

Or let me die!

The Child is father of the Man;

And could wish my days to be

Bound each to each by natural piety.

무지개

월리엄 워즈워스

하늘의 무지개를 바라볼 때면
내 가슴은 뛰누나.
내 생명이 시작될 때도 그러했고
어른이 된 지금도 그러하니
내가 늙었을 때도 그러하기를.
그렇지 않다면 차라리 죽으리라
어린이는 어른의 아버지
내 남은 날들이 매일매일
자연에 대한 경애로 이어지기를.

워즈워스는 영국 낭만주의를 대표하는 계관시인이에
요. 그는 시란 "강력한 감정의 자연스러운 발로"라는 유
명한 낭만주의 시학을 선언하며 19세기 낭만주의 운동
을 이끌었죠. 한마디로 시는 '감동'에서 우러나온다는
거예요. 자연에서 느끼는 감동에서 낭만주의 시인들은
진리를 발견하려고 했어요. 그래서 그들을 자연시인이
라고 부르기도 하죠.

"감동은 진리에 이르는 지름길"이라고 한 철학자가 말
했어요. 하지만 불행히도 우리가 사는 현대 문명시대를
감동이 사라져가는 시대라고들 해요. 기계가 찍어내는
대량 복제품은 편리할 뿐 감동을 주지는 않는다는 것이
죠. 우리는 이런 대량 복제품을 먹고 입으며 그 안에서
살아가고 있어요. 느낌도 감동할 여유도 없이 바쁘게만
살아가는 현대인들에게 진리는 멀게만 보입니다.

하지만 자연에는 복제품이란 게 없지요. 모두 특별하
고 개별적인 생명체예요. 그래서 자연과의 만남은 항상
새롭고 감동적이죠. 감동이야말로 진리로 이끄는 지름

길이자 시의 원리라고 워즈워스는 생각했던 거예요. 그래서 자연의 아름다움과 신비를 상징하는 무지개를 보고도 가슴이 뛰지 않는다면 차라리 죽어버리겠다고 서슴없이 말합니다.

이제 세상에 막 나온 아이에겐 모든 것이 처음이죠. 보고, 듣고, 만지고, 맛보고, 냄새 맡으며 느끼는 자연은 아이에겐 신비와 감동 그 자체입니다. 하지만 나이를 먹어가면서 자연을 직접 만나는 대신 '나무, 꽃, 물고기, 강, 산, 바다……' 같은 단어로 자연을 점점 추상화시키죠. 나무를 목재로, 강은 수자원으로, 땅은 부동산으로, 점점 자연을 개발하거나 투자해야 할 자원쯤으로 보게 돼요. 그렇게 자원으로 전락한 자연에서 감동을 느끼기란 거의 불가능하죠.

그래서 시인은 자연 앞에서 가장 순수한 감동을 느끼는 어린아이를 보면서 "어린이는 어른의 아버지"란 유명한 선언을 한 것입니다. 어렸을 때의 '처음느낌'이 평

윌리엄 워즈워스(1770~1850) 기교적인 시어를 배척한 영국의 낭만파 시인. 1843년에 계관시인이 되었다. 『서정가요집』 서문을 통해 '시골 사람들의 소박하고 친근한 언어가 시에 가장 알맞다'고 말했다.

생 지속될 수만 있다면 우리 인생은 진리로 이끌고 머물게 하는 '감동'의 연속일 텐데요. 그래서 예수님도 "어린이와 같지 않으면 천국에 갈 수 없다"고 말씀하셨나봅니다.

Success

Emily Dickinson

Success is counted sweetest

By those who ne'er succeed.

To comprehend a nectar

Requires sorest need.

Not one of all the purple host

To took the flag today

Can tell the definition

So dear of victory

As he defeated, dying,

On whose forbidden ear

The distant strains of triumph

Burst agonized and clear

성공

에밀리 디킨슨

성공은 끝내 성공치 못한 이들에게
가장 달콤한 것으로 여겨지고.
넥타의 참맛은
가장 절실한 필요에서 느껴지는 것.

오늘 깃발을 차지한
화려한 군대의 어느 병사도
승리의 정의를
그렇게 값비싸게 내릴 수는 없으리.

패배해 죽어가는 자의
금지된 귀에는
멀리서 들려오는 승전가가
고통스럽고도 또렷이 울리나니.

우리 속담에 '시장이 반찬이다'는 말이 있지요. 영어 속담도 우리와 비슷합니다. 'Hunger is the best sauce' 이 말을 뒤집어 해석해보면, 아무리 맛있는 음식이라도 배부르면 맛이 없다는 거예요. 그렇다면 세상에서 가장 맛있는 물은 어떤 물일까요? 그래요. 갈증 날 때 먹는 물입니다. 그러니까 맛을 결정하는 건 음식 자체에 있다기보다는, 그것에 대한 절실한 갈망에 있다는 것이지요.

성공도 마찬가지입니다. 성공의 진짜 모습은 간절히 바랐지만 이루지 못한 욕망 속에 있어요. 갈증이 해소되고 나면 물맛은 곧 입에서 사라지기 마련이죠. 성공에 대한 갈망도 채워지고 나면 곧 그것의 의미도 시들해지기 마련입니다.

야구에서 1승의 참 의미를 누가 가장 잘 알까요? 누가 가장 승리의 기쁨을 만끽할 수 있을까요? 그건 아마 전적 1승 1무 265패의 서울대 야구부이거나, 프로전적 1승 15패의 전 삼미 수퍼스타즈 패전전문투수 감사용일 겁니다. 승리의 환호성은 고개를 떨군 채 마운드를 내려오는 패전투수의 귓가에 고통스럽지만 가장 또렷이 들리는 법이니까요.

　이 시도, 성공의 참 모습은 어떤 실체라기보다는, 패자의 이루지 못한 간절한 욕망 속에 존재하는 어떤 것이라고 말하고 있어요. 그러니 진정한 의미에서 승리와 성공이라는 말은 (실)패자의 언어라 할 수 있지요. 승리를 달성했거나 이에 익숙한 자보다 패자에게 훨씬 절실하고 목마른, 그래서 가장 달콤한 말. 1승!

에밀리 디킨슨(1830~1886) 미국의 시인. 자연과 사랑 외에도 청교도주의를 배경으로 한 죽음과 영원 같은 주제를 많이 다루었다. 집에 은둔하며 평생 독신으로 살았다. 생전에 발표된 시는 네 편이었으나 사후에 2,000여 편의 시가 더 발견됐다.

At a Window

Carl A. Sandburg

Give me hunger,

O you gods that sits and gives

The world its orders.

Give me hunger, pain and want,

Shut me out with shame and failure

From your doors of gold and fame,

Give me your shabbiest, weariest hunger!

But leave me a little love,

A voice to speak to me in the day end,

A hand to touch me in the dark room

Breaking the long loneliness.

In the dusk of day – shapes

Blurring the sunset,

One little wandering, western star

Thrust out from the changing shores of shadow.

Let me go to the window,

Watch there the day – shapes of dusk

And wait and know the coming

Of a little love.

창가에서

칼 A. 샌드버그

내게 굶주림을 주소서

앉아서 세상에 명령을 내리시는

오 그대 신들이여

내게 굶주림과 고통과 결핍을 주소서,

수치와 실패로

당신들의 부와 명성의 문 밖으로 날 쫓으시고

당신들의 가장 남루하고 지친 굶주림을 주소서!

다만 내게 작은 사랑 하나,
하루의 끝에서 말 건네는 목소리 하나
어두운 방에서 어루만질 손길 하나 남겨두어
오랜 외로움을 깨뜨리게 하소서.
낮의 형상들이 해넘이를 흐릿하게 하는
땅거미 질 무렵
방황하는 작은 서녘별 하나
그림자 모습 변해가는 해변에 문득 나타날 때.
창가로 가서

그곳에서 황혼녘 낮 형상들을 보고
작은 사랑 하나 다가오고 있음을
기다려 알게 하소서.

어른들은 흔히 자라나는 학생들에게 "열심히 공부해 훌륭한 사람이 되라"고 말하곤 하지요. 그런데 정작 '훌륭한' 사람이 구체적으로 어떤 사람인지는 분명치 않아요. 다만 막연하게나마 어른들이 예로 드는 사람들을 보고 '아 저런 사람이 훌륭한 사람이로구나' 하고 짐작할 뿐입니다.

그런데 예로 든 훌륭한 사람들이란 대게가 돈(gold)을 많이 벌거나 높은 명성(fame)을 얻어 성공한 사람이기 십상이죠. 이런 훌륭한 사람들은 주로 높은 곳에 앉아서(sit) 사람들에게 명령(order)을 내리는 권력의 위치에 있는 자들이에요. 한마디로 세상을 움직이는 자들입니다. 그래서 시인은 이들을 가리켜 이 세상의 신들(gods)이라고까지 말하고 있는 것이죠.

과연 세상에서 성공하는 데 필요한 돈과 명성을 얻었다고 인생에서도 소중한 것을 얻는 데 성공했다고 말할수 있을까요. 시인은 그렇게 생각하지 않아요. 오히려 세상의 굶주림과 고통과 결핍을 통해 인생에서 소중한 것을 깨닫거나 얻을 수 있다고 생각하지요.

그 소중한 것이란 부와 명예가 아니라 '작은 사랑(a little love)'이라는 거예요. 하루의 끝에서 자기에게 말건네줄 목소리 하나, 어두운 방 외로움을 향해 내민 손길 하나, 방황하는 어느 서녘별 같은 자신에게 매우 특별하고 구체적인 사랑(사람) 하나. 이것들이야말로 인생에서 참으로 소중하다는 것이죠. 시인은 그 하나를 얻기 위해 수치와 실패, 굶주림, 고통, 결핍을 무릅쓰려고 하는 겁니다.

칼 A. 샌드버그(1878~1967) 미국의 시인. 산업사회 속의 도시 노동자의 삶을 서정적으로 그려냈다. 에이브러햄 링컨의 전기를 써서 퓰리처상을 수상하기도 했다.

To The Virgins

Robert Herrick

Gather ye rose –buds while ye may,

Old Time is still a flying:

And this same flower that smiles today,

Tomorrow will be dying.

The glorious lamp lf heaven, the sun,

The higher he's a getting:

The sooner will his race be run,

And nearer he's to setting.

That age is best, which is the first,

When youth and blood are warmer;

But being spent, the worse, and worst

Times, still succeed the former.

Then be not coy, but use your time;

And while ye may, go marry:

For having lost but once your prime,

You may forever tarry.

소녀들에게

로버트 헤릭

딸 수 있을 때 장미 봉우리를 모으세요,
노쇠한 시간은 여전히 날아가고:
오늘 미소 짓는 이 꽃은
내일이면 죽을 거예요.

하늘의 찬란한 등불 태양은
더욱 높이 뜰수록
더욱 빨리 달려
일몰은 더욱 가까워질 거예요.

젊음과 피가 더욱 따뜻한
처음 그 시절이 최고지요.
하지만 한번 가버리면 점점 나빠져 최악이 되죠
시간은, 여전히 앞선 시간을 따라가요

그러니 수줍어하지 말고, 당신의 시간을 활용하세요

그리고 할 수 있을 때 결혼해요

한창 때를 놓치면

영원히 기다려야 할지도 모르니.

영화 〈죽은 시인의 사회〉에서 문학 선생님인 키팅 선생님은 수업시간에 학생들을 데리고 교실 밖으로 나갑니다. 그러곤 학생 세 명에게 마음대로 걸어보라고 해요. 그들은 처음엔 제각기 걷다가 어느 순간엔가 서로 발을 맞춰 걷기 시작합니다. 키팅 선생님이 손뼉으로 박자를 맞추자 군인처럼 손발을 짝짝 맞춰가며 행진하듯 걷지요. 어리둥절해하는 학생들에게 키팅 선생님은 자신의 속내를 말합니다. "타인에게 인정을 받는 것도 중요하지만, 자신만의 신념을 갖는 것이 더욱 중요하다. 남이 어떻게 보든 이제부터 자신만의 걸음을 걸어보아라."

우리는 어느 순간부턴가 자신도 모르게 남의 시선을 의식하게 됩니다. 부모님과 친구들의 시선에서부터 자기가 속한 사회의 시선에 이르기까지 한시도 다른 시선으로부터 자유롭지 못하죠. 그런 시선에 어긋나지 않도록 걸음걸이, 옷매무새, 행동거지로부터 생각에 이르기까지 항상 자신을 돌아보고 검열하며 살아갑니다. 그러다 어느 날 문득 "내가 진짜 원하는 게 뭐지? 이게 진짜 내가 바라던 삶이었나? 도대체 나는 누구지?" 자문하며 거울 앞에 서게 되죠. 하지만 후회는 항상 늦게 오는 법. 거울 속엔 낯선 백발노인이 놀란 눈으로 날 바라보고 있을지도 모릅니다.

아주 오랜 전 호레이스라는 고대그리스 철학자가 벌써 이에 대한 말을 남겼지요. '카르페 디엠, 오늘을 잡아라(Seize the day)'라는 호레이스의 말이 이 시에서는 '딸 수 있을 때 장미봉우리를 모아라(Gather roses while you may)'라는 유명한 문장으로 바뀌었네요. 〈죽은 시인의 사회〉에서 키팅 선생님은 이 시를 인용하며 "네 삶이 한 편의 시가 되도록 너만의 독특하고 유일한 삶을 살라"고 학생들에게 말하죠.

주변의 관습과 문화라는 시선은 우리에게 '내일을 위해 오늘을 희생하라'고 무언의 눈총을 보냅니다. 우리가 사는 매순간은 영원히 오늘일 뿐인데도, 형체도 없는 내일을 위해 구체적인 오늘을 희생하라는 것이죠. 영화 속 학생들은 결국 '죽은 시인의 사회'라는 시 동아리를 결성해요. 그리고 동굴에 모여 미국 시인, 헨리 데이비드 소로우의 『월든』의 한 구절을 이렇게 암송합니다.

나는 진지하게 살기 위해 숲으로 들어갔다.

I want to the woods because I wanted to live deliberately.

나는 삶의 모든 진수를 빨아들이도록 깊이 있는 삶을 살고 싶다.

I wanted to live deep and suck out all the marrow of life.

로버트 헤릭[1591~1674] 영국의 서정시인. 데번셔 지역 외딴 시골마을의 목사로 살았던 그는, 감미로운 정서와 리듬감각이 탁월한 시들을 남겼다.

Leisure

William Henry Davies

What is this life if, full of care,

We have no time to stand and stare.

No time to stand beneath the boughs

And stare as long as sheep or cows.

No time to see, when woods we pass,

Where squirrels hide their nuts in grass.

No time to see, in broad daylight,

Streams full of stars, like skies at night.

No time to turn at Beauty's glance,

And watch her feet, how they can dance.

No time to wait till her mouth can

Enrich that smile her eyes began.

A poor life this if, full of care,

We have no time to stand and stare.

여가

윌리엄 헨리 데이비스

이게 무슨 삶이란 말이냐, 근심에 싸여
서서 바라볼 시간이 없다면.

양이나 소처럼 나뭇가지 아래 서서
오래도록 바라볼 시간이 없다면,

숲을 지날 때, 다람쥐가 도토리를
풀숲에 숨기는 걸 바라볼 시간이 없다면.

환한 대낮에, 밤하늘처럼, 별들로 가득 찬
시냇물을 바라볼 시간이 없다면.

미인의 시선에 고개를 돌려, 그녀가 발로
어떻게 춤출 수 있는지 바라볼 시간이 없다면.

눈에서 시작된 그녀의 미소가 입가에
가득 번질 때까지 기다릴 시간이 없다면.

이 얼마나 볼품없는 삶이란 말이냐, 근심에 싸여
서서 바라볼 시간이 없다면.

19세기 과학 기술혁명 앞에서 인류는 "이제 기계가 힘든 생산노동으로부터 인간을 해방시킬 거야"라고 말했지요. 20세기 전자혁명 앞에서 인류는 "이제 기계가 따분한 가사노동으로부터 인간을 해방시킬 거야"라고 말했지요. 20세기 후반 컴퓨터혁명 앞에서 인류는 "이제 인터넷이 시간과 공간으로부터 인간을 해방시킬 거야"라고 말했지요.

그런데 어쩐 일일까요? 입고 먹고 자는 게 더 풍요롭고 다양해질수록, 이동수단이 더 빨라지고 편리해질수록 사람들은 더욱 바빠지기만 하니 말입니다. 인류 대다수가 농사를 지었을 때는 자연의 계절과 날씨에 따라 일과 쉼을 자연스레 반복했지요. 우리의 세시풍속이라는 것도 일과 쉼이 따로 분리된 게 아니라, 서로 자연스럽게 연결돼 있다는 생각 속에서 만들어진 문화였습니다. 삶의 여유와 멋이 있었단 말이죠. 그런데 현대 도시인들은 잠시라도 하던 일을 멈추고 자연을 감상할 여유도 없어 보여요. 어린이도 바쁘고 청소년도 바쁘고 어른들은 더더욱 바쁩니다. 아빠도 엄마도 형도 누나도 모두모두 바쁩니다.

　도대체 무엇이 우리에게서 삶의 여유를 빼앗아간 걸까요? 자본주의가 가져온 무한경쟁체제 때문인가요? 물론 그럴 수 있어요. 무한경쟁에서 잠시라도 한눈팔면 낙오하기 십상이니까요. 경쟁력을 갖춘 노동상품으로 팔리기 위해선 끊임없이 자기 자신을 업데이트시켜야 하니까요. 남들보다 조금이라도 앞서려면 아주 어렸을 때부터 준비해야 한다고 아이들을 볶아대야 할 겁니다. '삶의 여유' 같은 것은 경쟁이 다 끝난 노후에나 누리는 거라고 청소년들을 다그쳐야 할 거예요.

　삶이란 무엇일까요. 경쟁에 이겨서 다른 사람보다 더 많이 가지고 더 높은 자리에 서는 게 삶일까요. 더욱 빠르고 편리하게 사는 게 삶일까요. 삶의 목표가 그런 것이라면 인류문명은 진보한 게 아니라 퇴보한 게 분명합니다. 퇴보해도 아주 나쁘게 퇴보한 거예요. 자연을 삶에서 분리시키고, 일에서 쉼을 분리시켜 삶에서 여유와 멋을 빼앗아버렸으니까요. 주변에 바라볼 이렇다 할 자연도 없고, 인공적으로 만든 자연이라도 감상할 시간과 여유가 없으니까요. 경쟁자가 아닌, 세상에 하나밖에 없는 아름다운 친구를 바라볼 마음의 여유도 없으니까요.

북미인디언의 한 부족은 대평원에서 말을 달리다가도 중간 중간 멈춰서곤 했답니다. 너무 빨리 달리면 영혼이 쫓아오지 못할까봐서요. 오늘도 누가 쫓아올까봐, 나를 앞지를까봐 밤잠 안자고 바쁘게 살아가는 우리들. 혹시 힘겹게 쫓아오는 게 나의 영혼은 아닐까요.

윌리엄 헨리 데이비스(1871~1940) 영국의 시인. 신대륙을 돌아다니며 방랑생활을 한 후 자연을 노래하는 소박한 시풍의 작품을 써서 인정받았다.

The Pulley

George Herbert

When God at first made man,

Having a glass of blessings standing by,

"Let us," said he, "pour on him all we can.

Let the world's riches, which dispersed lie,

Contract into a span."

So strength first made a way;

Then beauty flowed, then wisdom, honor, pleasure.

When almost all was out, God made a stay,

Perceiving that, alone of all his treasure,

Rest in the bottom lay.

"For if I should," said he,

"Bestow this jewel also on my creature,

He would adore my gifts instead of me,

And rest in Nature, not the God of Nature;

So both should losers be."

"Yet let him keep the rest,

But keep them with repining restlessness.

Let him be rich and weary, that at least,

If goodness lead him not, yet weariness

May toss him to my breast."

도르래

조지 허버트

하느님이 맨 처음 인간을 만드실 때,
축복의 잔을 놓고서 말씀하셨다 –
"할 수 있는 모든 것을 인간에게 부어줘야지;
흩어져 있는, 세계의 부를 한 손에 모으자."

그러자 힘이 먼저 길을 텄고,
그 다음에 미가 흘러나오고, 지혜, 명예, 쾌락이 뒤따랐
다:
거의 바닥나자, 하느님이 쉬셨다.
모든 보물 중 오직
쉼이 바닥에 남아 있는 것을 보고는.

말씀하시기를 "혹시 내가
이 보석마저 내 피조물에게 준다면
그는 나보다 내 선물을 숭배해,
자연을 창조한 내게서가 아니라, 자연에서 쉬리라:
그러면 둘 다 잃는 자가 될 것이니."

"그래도 인간에게 그 나머지를 갖게 하자,

단, 갖되 초조하고 불안하게 만들자;
풍요로우면서 동시에 권태롭게, 그래야 적어도
선이 그를 나에게로 인도하지 않을 때라도, 근심이
그를 내 품으로 길어 올리도록."

그리스신화에 판도라상자라는 유명한 이야기가 있죠. 프로메테우스가 불을 훔쳐 인간에게 준 대가로 제우스는 판도라라는 최초의 여인을 인간세상에 내려 보냅니다. 모든 고통과 질병, 악을 담은 상자와 함께요. '때늦은 지혜'라는 뜻의 이름을 가진 에피메테우스는 자신의 형인 프로메테우스(미리 생각하는 사람이라는 뜻)가 경고했음에도 불구하고 판도라와 결혼합니다. 호기심 많은 판도라가 마침내 상자 뚜껑을 열자 모든 질병, 고통, 악이 상자에서 나와 세상에 퍼지죠. 깜짝 놀라 뚜껑을 닫았는데 상자 바닥에 마지막 하나가 남아 있었어요. 그게 바로 '희망'이었지요. 희망이야말로 아무리 힘들고 절망적이어도 견디며 살게 하는 의지의 원천이라고 고대그리스인들은 생각했던 것이지요.

신학자이자 신부였던 시인은 이와 관련해 기발한 생각을 해요. 고대그리스인들과는 반대로 창조주가 인간을 만들 때 세상의 모든 좋은 것을 인간에게 주었다고 생각합니다. 하지만 딱 한 가지, '쉼'은 주지 않았다는 거예요. 그것까지 주면 인간은 자신을 창조한 신은 거들떠보지도 않고 신이 준 다른 자연의 보물(the rest) 속에서 '쉴(rest)' 거라는 겁니다. 하지만 '쉼'을 주지 않으면 피곤에 지치고 불안이 엄습할 때(restless) 스스로 신을 찾게 될 거라는 생각을 한 것이죠.

이런 생각을 밋밋하게 서술했다면 신학이나 윤리, 또는 도덕이 됐을 거예요. 그랬다면 독자는 아마 몇 줄 안 읽고 "뻔한 말씀!" 하며 덮어버렸을지도 모르죠. 그래서 시인은 설교 대신 이미지를 창조합니다. 도르래(pulley)라는 기발한 비유를 통해서 말이죠. 자연을 다스리라고 인간에게 만물의 영장 자리를 주었지만, 인간은 그게 마치 자신의 타고난 능력인 양 교만해질 것이라는 사실을 창조주는 미리 아셨다는 거예요. 그래서 그분은 죄로 무거워질 인간을 쉽게 들어 올릴 도르래를 만들어놨다는 겁니다.

창조주가 고안한 도르래는 간단해요. 창조주가 선물한 온갖 세상의 부(the rest)가 자신의 능력인 양 교만해진 인간은, 점점 초조해져 쉼이 사라진다(restless)는 겁니다. 여기서 쉼이 사라진다는 'restless'는 신의 나머지 선물(the rest)도 사라진다(less)는 뜻을 한 단어로 재미있게 보여주는 말이기도 하죠. 그러니까 이 도르래의 원리는, 불안해진(restless) 인간이 자기 안에 든 무거운 욕망덩이들(the rest)을 비워냄으로써(less) 스스로를 신에게로 들어 올린다는 겁니다. '나머지와 쉼'이라는 두 가지 뜻을 지닌 'rest'를 도르래라는 은유에 적용시켜 기발한 언어유희와 함께 재밌는 이미지를 창조해낸 겁니다. 가만히 앉아서 듣는 따분한 설교가 아니라, 즐겁고 유익하게 상상력을 자극하는 한 편의 시로 만든 것이죠.

불안과 초조로 쉼을 잃어버린 적이 있나요? 아직 그런 경험은 없겠죠? 아니! 있다고요? 학생이나 직장인, 남녀노소 할 것 없이 경쟁, 경쟁, 경쟁에서 살아남아야 하는 팍팍한 삶. 그래요. 하지만 그럴 때 왜 쉼이 사라졌나(restless)를 곰곰이 생각해보아요. 혹시 내가 가지고 있는 것들(the rest)이 아직도 부족해 더 채우려고 욕심 부리는 건 아닌지, 모두 내가 잘나서 얻은 것들이라고 생각하는 건 아닌지, 그래서 감사할 줄 모르고 무시하는

조지 허버트[1593~1633] 귀족 출신으로 학자의 길을 걸었으나 후에 성직자의 길로 들어섰다. 37세에 가난한 마을의 목사가 되었으며 죽을 때까지 160편의 시로 이루어진 종교시집 『성당』을 펴냈다. 영혼의 갈등과 신의 사랑을 구어적인 시어로 묘사했다.

건 아닌지 말이에요. 어쩌면 그 성찰만으로 자신도 모
르게 몸이 가벼워져(the rest-less) 스르르 신을 향해 올
라갈지도 몰라요. 마음이 편안(rest)해지면서 말이죠.

Follower

Seamus Heaney

My father worked with a horse plough,
His shoulders globed like a full sail strung
Between the shafts and the furrow.
The horses strained at his clicking tongue.

An expert. He would set the wing
And fit the bright – pointed sock.
The sod rolled over without breaking.
At the headrig, with a single pluck.

Of reins, the sweating team turned round
And back into the land. His eye
Narrowed and angled at the ground,
Mapping the furrow exactly.

I stumbled in his hobnailed wake,
Fell sometimes on the polished sod;

Sometimes he rode me on his back
Dipping and rising to his plod.
I wanted to grow up and plough,
To close one eye, stiffen my arm.
All I ever did was follow
In his broad shadow around the farm.

I was a nuisance, tripping, falling,
Yapping always. But today
It is my father who keeps stumbling
Behind me, and will not go away.

뒤따르는 자

셰이머스 히니

아버지는 말이 끄는 쟁기로 밭을 갈았다.
밭고랑에 쟁기를 댈 때 아버지의 두 어깨 근육은
바람에 펼친 돛처럼 불퉁거렸고
말들은 아버지 혀 차는 소리에 긴장했다.

전문가. 아버지는 쟁기에 날개를 끼우고
날카롭게 번쩍이는 보습주걱을 쟁기에 맞추셨다.
뗏장은 끊어지지 않고 돌돌 굴렀다.
쟁기 앞쪽으로 고삐를 한 번 확 당겨

신호를 주면, 땀에 젖은 두 필의 말이 획 돌아
다시 땅을 갈아엎어 나갔다. 아버지는 눈을
가늘게 뜨고 땅과 각도를 맞추며
보습자리를 정확하게 잡아갔다.

나는 갈아엎은 톱날 같은 흙자국 안에서 비틀비틀,
세섯덩이 뗏장 위로 나동그라지기도 했다.

때로는 아버지가 나를 등에 태우고
가라앉았다 솟으며 터벅터벅 나아가셨다.
나는 자라서 한쪽 눈을 감고 팔뚝에 힘을 주는,
쟁기질을 하고 싶었다.
내가 항상 원한 건 농장 전체를 감싸는
아버지의 넓은 그림자를 뒤따르는 것이었다.

나는 골칫덩이로, 걸려 넘어지고, 떨어지고
늘 재잘거렸다. 하지만 오늘은
내 뒤에서 계속 비틀거리며
어디 가려고도 하지 않는 사람은 아버지시다.

시인은 어린 시절로 돌아가 농부였던 아버지를 회상 해요. 시인의 어린 눈에 비친 아버지는 농사 '전문가 (expert)'지요. 쟁기 끄는 말을 완벽하게 다루는 솜씨, 정확하고 능숙한 쟁기질, 농기구를 다루는 숙련된 솜 씨, 두 어깨와 팔뚝 근육에 감탄한 시인은 커서 아버지 를 '뒤따르는 자(follower)'가 되기를 희망합니다.

어린 시절 시인은 아버지 뒤를 따라가다가 늘 넘어지 고 떨어지는 골칫덩이였지만 농장 전체를 감싸는 아버 지의 넓은 그림자 따라가기를 늘 꿈꿨지요. 하지만 어 른이 된 지금 그는 아버지 뒤를 따라 농부가 되지 않고 대신에 시인이 됐어요. 이젠 비틀거리며 아이처럼 그를 '뒤따르는 자(follower)'는 늙은 아버지예요. 뒤따르는 자가 뒤바뀐 것이죠.

모든 아이에게 아빠는 세상에서 가장 크고 힘센 사람 일 겁니다. 그런 아빠가 어느 날부터인가 자기보다 점 점 키가 작아지고 힘이 약해지면서 마침내 아이같이 힘 없는 노인이 되고 말지요. 그런 아버지의 모습에서 시인은 이빨과 발톱이 다 빠진 늙은 사자를 볼 때 드는 비애감 같은 것을 느꼈나봅니다.

　하지만 시에서 이런 감상적인 태도는 극도로 절제돼있어요. 대신에 농부로서 힘겹게 살아온 아버지의 외길인생에 대한 찬양이 드러나 있지요. 하지만 그 찬양 또한 직접 드러내는 것은 아니에요. 시적 은유로 은근히 그래서 더욱 깊고 풍성하게 감추면서 드러내고 있습니다. 바로 농부의 외길 인생을 인생 항해로 비유하는 것인데요. 돛을 펼친 것 같은 아버지의 어깨, 파도처럼 끊어지지 않고 구르는 흙덩이, 항로를 계산하듯 각도를 재고 보습날을 맞추는 아버지의 눈과 손, 어린 시인을 등에 태우고 가라앉았다 솟으며 나아가는 아빠라는 배, 그러니까 시인은 거친 인생 바다를 헤치고 항구에 도착한 '농부항해사' 아버지를 그린 것이죠. 그 배에 올라타 시인으로 성장하게 된 것에 대한 감사와 나이 든 항해사에 대한 연민의 시선으로 말입니다.

셰이머스 히니(1939~2013)　아일랜드의 시인. 초기에는 조국의 비극적 역사를 직시한 작품들을 발표했으나 이후 서정성을 띤 시들을 발표했다. 예이츠 이후 가장 뛰어난 아일랜드 시인으로 평가받는다. 1995년 노벨상을 수상했다.

A Song from the Suds

Louisa May Alcott

Queen of my tub, I merrily sing,

While the white foam raises high,

And sturdily wash, and rinse, and wring,

And fasten the clothes to dry;

Then out in the free fresh air they swing,

Under the sunny sky.

I wish we could wash from our hearts and our souls

The stains of the week away,

And let water and air by their magic make

Ourselves as pure as they;

Then on the earth there would be indeed

A glorious washing day!

Along the path of a useful life

Will heart's – ease ever bloom;

The busy mind has no time to think

Of sorrow, or care, or gloom;

And anxious thoughts may be swept away

As we busily wield a broom.

I am glad a task to me is given

To labor at day by day;

For it brings me health, and strength, and hope,

And I cheerfully learn to say –

"Head, you may think; heart, you may feel;

But hand, you shall work always!"

비눗방울의 노래

루이자 메이 올컷

흰 거품이 높이 솟아오르는 동안

빨래통의 여왕인 나는 즐겁게 노래하지요

옷을 힘차게 빨아, 헹구고 비틀어 짜서

물을 털어내고는

햇볕 좋은 하늘 아래 널면

자유롭고 신선한 공기에 빨래들이 그네를 타죠.

우리 가슴과 영혼에 낀 한 주 동안의 얼룩도

씻어낼 수 있으면 좋겠어요,

그래서 물과 공기가 마술을 부려

우리도 그들처럼 깨끗해질 수만 있다면

이 세상엔 정말로

영광스런 빨래의 날이 생길 거예요!

유익한 삶의 길을 따라
항상 평안이 만발하고
바쁜 마음은 슬픔, 근심 또는 우울 따위를

생각할 시간이 없어
걱정스런 생각들은 바쁜 비질에
쓸려 사라질 겁니다.

매일 매일 일이 있다는 게
나는 기뻐요.
일은 내게 건강과 힘과 희망을 주니까요.
그래서 나는 유쾌하게 이렇게 말하는 걸 배웠죠 –
"머리야, 너는 생각할 수 있고, 가슴아, 너는 느낄 수 있지.
하지만 손아, 너는 항상 일할 거지!"

자동차 핸들과 페달이 현대인의 손과 발을 대신한 지 오래지요. 넓은 길은 자동차가 주인이 돼 쌩쌩 바퀴를 굴리고, 사람들은 무슨 퇴화된 짐승마냥 길 양쪽 좁은 보도에 조심조심 서툴게 발길을 옮겨놓습니다. 일상의 도구가 자동화되기 전 인간은 매일 손과 발을 부지런히 움직여야 했어요. 매일, 십여 리 등하굣길을 걸어 다녀야 했고, 불을 때 밥을 지어야 했으며, 손수 물빨래를 하고, 비로 방과 마당을 쓸어야 했으니까요. 당연히 불편하고 더디고 힘들었을 겁니다.

하지만 일상에서의 노동이 나쁜 것만은 아니었어요. 먼 길을 걸으면서 자연풍경을 만끽했고, 불로 지은 밥은 구수했으며, 손빨래를 하고 비질을 하면 마음이 다 깨끗해지는 것 같았으니까요.

우리 몸의 중요한 장기와 연결되는 경락이 모두 손에 모여 있다고 하지요. 그래서 마사지를 하거나 침을 놓는 곳이 주로 손이에요. 그러고 보니 빨래만큼 손을 집중적으로 사용하는 일도 없는 것 같군요. 예전 우물가

나 냇가에서 매일 빨래를 했던 우리 어머니들과 누이들의 손은 얼마나 건강했을까요. 매일 냇물에 얼룩을 씻겨 보내는 마음은 또 얼마나 깨끗했을까요. 하지만 이젠 빨래하는 손을 자동세탁기가 대신한 지 오래지요.

"손아! 이젠 뭐할 거니?"

루이자 메이 올컷(1832~1888) 미국의 소설가이자 시인.『작은 아씨들』을 비롯한 아동문학작가로 명성을 얻었다. 어려운 집안 환경 때문에 생계수단으로 글을 썼지만 후에 진지한 작품 활동을 펼쳤다.

No man is an island

John Donne

No man is an island,

Entire of itself.

Each is a piece of the continent,

A part of the main.

If a clod be washed away by the sea,

Europe is the less.

As well as if a promontory were.

As well as if a manor of thine own

Or of thine friend's were.

Each man's death diminishes me,

For I am involved in mankind.

Therefore, send not to know

For whom the bell tolls,

It tolls for thee.

누구도 섬이 아니다

누구도 그 자체로 완전한

섬이 아니다,

누구나 대륙의 한 부분일 뿐

전체의 한 부분일 뿐

한 줌 흙이 바다에 씻겨 가면

유럽은 그만큼 줄어드는 것.

모래톱이 쓸려가거나.

당신 소유의 땅과

당신 친구의 땅이 쓸려가도 마찬가지일 것이니.

각자의 죽음이 나를 줄어들게 한다,

나는 인류에 속해 있기에.

그러므로 누구를 위해 종이 울리는지 알려고

사람을 보내지 마라,

종은 너를 위하여 울리나니.

어니스트 헤밍웨이의 소설 『누구를 위해 종이 울리나』 제목의 출처가 된 작품으로 더욱 유명해진 시인데요. 원래는 시가 아니라 명상 형식으로 쓰여진 글인데 이 부분만을 발췌해 시 형식으로 바꾼 것이에요. 시인 존 던은 성직자였는데 당대 유명한 설교가로도 명성을 떨쳐 『거룩한 소네트』라는 종교시집을 내기도 했지요. 명상집에서 발췌한 이 시에도 그의 깊은 종교적 영성이 담겨 있습니다.

아리스토텔레스가 "인간은 사회적 동물이다"라고 말한 이후로 '개인과 사회'는 서구 문명발달사에 가장 큰 화두였어요. "악법도 법"이라며 독배를 든 소크라테스는 고대그리스를 너무 사랑한 나머지 개인보다 사회를 우선시했지요. 고대 왕조와 중세 봉건제사회를 지나 근대 시민사회에 이르러서야 비로소 '사회는 개인의 자유를 보장하기 위해 존재해야 한다'는 개인의식이 싹텄어요. 개인의식으로 무장한 근대시민이 계약에 의해 세운 사회가 바로 오늘날의 민주주의사회입니다. 이렇게 개인과 사회 사이의 상호의존관계를 말할 때 빈번하게 인용되는 말이 바로 '누구도 섬이 아니다(No man is an island)'라는 이 시구예요.

　하지만 이 시는 개인과 사회와의 상호관계보다 더 깊은 '영적관계'를 담고 있습니다. 일종의 종교적 영성이라고 할 수 있지요. 예수님은 "네 이웃을 네 몸같이 사랑하라 그것이 하느님을 사랑하는 것이다"라고 했고, 부처님도 "중생이 한 명이라도 지옥에 남아 있으면 해탈하지 않고 중생을 구제하기 위해 지옥까지 따라가는 게 진정한 불심"이라고 했습니다. '나 홀로 구원'이란 의미가 없다는 것이지요. '나의 구원은 너로부터 온다'는 것이 두 종교의 공통된 핵심입니다. 모든 생명은 하나의 그물망처럼 서로 연결돼 있다는 종교 영성을 이 시에서는 "각자의 죽음이 나를 줄어들게 한다"고 표현하고 있는 것이지요.

　물 위에 떠 있는 육지만 보고 겨우 섬의 고립이나 고독을 읽어내는 우리가 어떻게 물 밑 '우주적 연민'을 느낄 수 있을까요? 남을 밟고 일어서야 내가 살아남을 수 있는 세상에서 사방에서 울리는 애도하는 종소리가 곧 나를 위해 울리는 종소리라는 '우주적 아픔'을 느끼는게 정말로 가능한 일일까요? 그래요, 보통사람으로는

불가능한 일이죠. 그 불가능한 연민과 아픔을 여린 숨과 섬세한 감수성으로 느끼는 사람이 바로 시인입니다. 그러니 시인이란 직(職)은 하늘이 내린 천직이요 그의 업(業)은 피할 수 없는 천형(天刑)인가 봅니다.

존 던(1572~1631) 영국의 시인이자 성직자. 불굴의 열정과 냉철한 논리와 해박한 지식을 아우르는 작품을 펴냈다. 20세기 현대 시인에게 깊은 영향력을 끼쳤다.

Solitude

Ella Wheeler Wilcox

Laugh, and the world laughs with you;

Weep, and you weep alone.

For the sad old earth must borrow it's mirth,

But has trouble enough of its own.

Sing, and the hills will answer;

Sigh, it is lost on the air.

The echoes bound to a joyful sound,

But shrink from voicing care.

Rejoice, and men will seek you;

Grieve, and they turn and go.

They want full measure of all your pleasure,

But they do not need your woe.

Be glad, and your friends are many;

Be sad, and you lose them all.

There are none to decline your nectared wine,

But alone you must drink life's gall.

Feast, and your halls are crowded;

Fast, and the world goes by.

Succeed and give, and it helps you live,

But no man can help you die.

There is room in the halls of pleasure

For a long and lordly train,

But one by one we must all file on

Through the narrow aisles of pain.

고독

엘라 휠러 윌콕스

웃어라, 그러면 세상도 너를 따라 웃을 것이다.
하지만 운다면 너는 혼자 울게 될 것이다.
슬프고 늙은 대지는 즐거움도 빌려야 하지만.
제 자신의 고통만으로도 충분하기 때문이다.
노래하라, 그러면 언덕들이 화답할 것이다.
하지만 한숨 소리는 허공 중에 사라지고 말 것이다.
메아리도 즐거운 소리는 되울리지만
근심 어린 소리에는 쪼그라드는 법이다.

기뻐하라, 그러면 사람들이 너를 찾을 것이다.

하지만 슬퍼한다면 그들은 돌아가버릴 것이다.

그들은 네 기쁨의 전부를 원하지만

네 고뇌를 필요로 하지는 않는다.

즐거워해라, 그러면 네 친구가 많아질 것이다.

하지만 슬퍼한다면 그들 모두를 잃을 것이다.

신주(神酒)로 가득 찬 네 술을 거절할 사람은 없다.

하지만 인생의 쓴잔은 너 혼자 마셔야 할 것이다.

연회를 베풀어라, 그러면 네 집은 손님으로 넘쳐날 것이다.

하지만 단식하면 세상은 그냥 지나갈 것이다.

성공해서 나눠주어라, 그러면 네가 사는 데 도움이 될 것
이다.

하지만 네가 죽는 걸 도와줄 수 있는 사람은 없다.

기쁨의 거실은 넓어

길고 화려한 행렬을 모두 수용할 수 있지만,

고통의 통로는 좁아

한 사람씩 한 사람씩 한 줄로 통과해야 하는 법이다.

한영사전에서 고독을 찾아보면 'solitude' 와 'loneli-ness'가 나옵니다. 두 단어 모두 홀로 있는 상태를 말하지만 어조는 많이 달라요. loneliness가 홀로 있어 외롭고 불행한 느낌이라면, solitude는 홀로 있지만 불행하거나 외롭다는 것보다는 오히려 혼자 있는 게 편하다는 느낌을 의미하는 단어예요. 그러니 loneliness는 고독이라는 말보다는 '외로움'이 더 적절한 표현입니다. 고독이란 단어에는 왠지 인간이면 피할 수 없는 '실존적 고독' 같은 철학적 냄새가 배어 있죠. 그래서 이 시는 우리말로는 '고독'이지만 'loneliness'가 아니라 'solitude'임을 염두하며 읽어야 합니다.

영어속담에 'What cannot be cured must be en-dured'라는 말이 있어요. '치유될 수 없으면 견뎌내야 한다'는 뜻인데요. 바로 고독(solitude)이 이 경우에 해당된다고 할 수 있어요. 실존적 고독이란 인간이라면 누구나 피할 수 없는 고독이란 뜻이지요. 그러니까 피할 수 없는 (치유될 수 없는) 고독은 견뎌내야 한다는 말입니다. 살다보면 어찌 기쁘고 즐거운 날만 있겠어요.

당연히 슬프고, 한숨짓고, 고뇌하고, 눈물 흘리며, 굶을 때도 있게 마련이지요. 그럴 때면 방금까지도 곁에 있었던 세상은 달아나고 우리는 '홀로 있게' 됩니다. 물론 몇몇 진정한 친구와 가족이 곁에 남아 위로할 수는 있겠죠. 하지만 곁에 있다고 해서 근본적(실존적)인 고독이 줄어드는 건 아닙니다. 강도가 심하고 깊은 고독일수록 홀로 짊어지고 감당해야 합니다. 내 존재가 사라지는 죽음을 어느 누구와 나눌 수 있겠습니까.

그래서 시인은 고독을 견뎌내는 연습을 하라고 충고합니다. 어차피 피할 수 없는 '홀로 됨'이라면 기꺼이 받아들이라는 것이지요, 그것이 바로 인간이 태생적으로 타고나 짊어지고 살다가 결국 죽어서야만 내려놓을 수 있는 '고독'이라는 겁니다. 혼자 있어 불행해지는 외로움은 곁에 사람 하나만 있으면 사라질 수 있지요. 하지만 인간이 지닌 근본적인 '홀로됨'은 군중 속에서도 피할 수 있는 게 아닙니다. 그렇다면 견뎌내야지요. 오히려 즐겨야지요. 그래서 고독한 사람은 외롭지 않은 겁니다.

엘라 휠러 윌콕스(1850~1919) 미국의 시인이자 소설가. 삶을 응원하는 정서와 낙관주의적인 감성을 작품에 담았다. 위 시는 가장 자주 언급되는 작품 중 하나이며, 특히 "기뻐하라, 그러면 사람들이 너를 찾을 것이다. 하지만 슬퍼한다면 그들은 돌아가버릴 것이다"는 문장이 유명하다.

Sea Fever

John Masefield

I must down to the seas again, to the lonely sea and
the sky,

And all I ask is a tall ship and a star to steer her by,

And the wheel's kick and the wind's song and the
white sail's shaking,

And a gray mist on the sea's face, and a grey dawn
breaking.

I must down to the seas again, for the call of the
running tide

Is a wild call and a clear call that may not be denied;

And all I ask is a windy day with the white clouds
flying,

And the flung spray and the blown spume, and the
sea – gulls crying.

I must down to the seas again, to the vagrant gypsy life,

To the gull's way and the whale's way, where the wind's like a whetted knife;

And all I ask is a merry yarn from a laughing fellow – rover,

And quiet sleep and a sweet dream when the long trick's over.

바다 열병

존 메이스필드

나는 다시 바다로 가야 해, 외로운 바다와 하늘로
내가 원하는 건 커다란 배와 그 배를 인도할 별 하나
타륜(舵輪) 회전과 바람의 노래와 펄럭이는 흰 돛
그리고 바다 표면의 잿빛 안개와 동트는 잿빛 새벽뿐.

난 다시 바다로 가야 해, 달리는 조수가 부르는
귀를 막아도 또렷이 들려오는 야생의 소리.
내가 원하는 건 흰 구름 날리는 바람과
부서지는 물보라와 날리는 물거품, 그리고 바다 갈매기
울음뿐.

난 다시 바다로 가야 해, 유랑의 집시 생활로
칼바람 불어대는 갈매기 길, 고래 길로,
내가 원하는 건 유쾌한 떠돌이의 흥겨운 모험담과
오랜 작업이 끝난 뒤의 아늑한 잠과 달콤한 꿈뿐.

우리나라는 3면이 바다로 둘러싸인 반도이면서도 해양
문명이라기보다는 대륙문명에 훨씬 가까워요. 오랫동
안 중국문명의 영향 아래 있었기 때문이죠. 새로운 문
물은 대부분 중국대륙에서부터 들어왔으니까요. 해양
에서 온 것이라곤 외구의 침략과 약탈뿐이었지요. 그래
서 열망의 대상도 배를 타고 파도를 헤치며 나아가는
망망대해라기보다는 말을 타고 끝없이 달리는 광활한
만주벌판이었습니다.

하지만 서구문명은 우리와 달리 해양문명에 가까웠
어요. 바다를 정복한 민족이 주변 대륙까지 정복하는
해양문명이었지요. 고대그리스 로마문명은 지중해를
장악한 그리스와 로마에 의해서 발달했고, 지중해문명
은 17세기 영국 엘리자베스 여왕이 스페인 무적함대를
무찌른 것을 계기로 대서양문명시대로 옮겨가요. 대서
양을 정복한 영국은 대서양을 건너 아메리카대륙에 식
민지를 개척하지요. 모국 영국으로부터 독립을 쟁취한
미국은 대륙에서 일어난 두 차례 세계대전을 통해 대
서양을 넘어 태평양으로 진출합니다. 그래서 21세기는

태평양을 장악한 민족이 세계를 지배하는 '태평양시대'라고 합니다.

　서구의 해양문명이 반도 땅에 들어와 본격적인 바닷길을 연 후로 바다를 대하는 우리의 의식 또한 많이 달라졌어요. 대륙에서 불어오던 새로운 문물이 이젠 대부분 바다에서 불어오죠. 길의 끝이라고 여겼던 바다에서 새롭게 길이 열리는 것을 보기 시작한 겁니다. 특히 젊은 세대들에게 모험과 도전, 방랑의 대상은 벌판보다는 바다이지요.

　7, 80년대 젊은이들의 이런 의식을 단적으로 표현한 영화가 있어요. 최인호 소설을 원작으로 한 하길종 감독의 〈바보들의 행진(1975년)〉과 배창호 감독의 〈고래사냥(1984년)〉. 이 두 영화는 7, 80년대 군사독재 시절에 정신의 감옥에 갇혀 있다고 느꼈던 젊은이들의 방황을 그렸지요. 가수 송창식은 그 상징적인 모습을 '고래사냥'이란 영화음악에 담았어요. 영화 속 장면처럼 실제로 학창시절 불 같은 청춘들은 교실에 갇혀 질식할 것 같다고 느껴질 때, 혹은 대학수학능력시험이라는 긴 터널을 빠져나온 뒤에 무작정 떠났지요. '바다 열병'에 걸린 듯 모두들 동해바다로.

모든 것을 한꺼번에 잃는다 해도

우리들 가슴속에는 뚜렷이 있다

한 마리 예쁜 고래 하나가

자 떠나자 동해바다로

신화처럼 숨을 쉬는 고래 잡으러

자 떠나자 동해바다로

신화처럼 숨을 쉬는 고래 잡으러

존 메이스필드(1878~1967) 영국의 시인. 『해수(海水)의 노래(1910)』로 인정받기 시작했으며 대표작인 서사시 『여우 레이나르드(1919)』를 발표했다. 바다와 이국적인 정서, 사회적 관심을 알기 쉬운 문장으로 작품에 담았다.

Trees

Joyce Kilmer

I think that I shall never see

A poem lovely as a tree.

A tree whose hungry mouth is prest

Against the earth's sweet flowing breast;

A tree that looks at God all day,

And lifts her leafy arms to pray;

A tree that may in Summer wear

A nest of robins in her hair;

Upon whose bosom snow has lain;

Who intimately lives with rain.

Poems are made by fools like me,

But only God can make a tree.

나무

조이스 킬머

나무처럼 아름다운 시를
나는 결코 보지 못하리.

굶주린 입을 대지의 가슴에 대고
달콤한 젖을 빠는 나무

하루 종일 하느님을 향해
우거진 이파리 손들어 기도하는 나무

여름이면 울새둥지
머리에 이고 서 있는 나무

가슴에 눈을 누이고
비와 더불어 살아가는 나무.

시는 나 같은 바보들이나 짓는 것
나무는 오직 하느님만이 만들 수 있지.

땅에 뿌리박고 하늘로 가지 뻗어 땅과 하늘을 연결하는
나무 목.
마을 어귀에 박혀 수백 수천 마을나이를 먹으며
나이테 불어가는 당산나무 신목.
수천 가지손 뻗어 눈을 얹고 비를 적시며 새둥지를 이고
그늘을 드리우는 나무 간수목.
서로 이웃하며 고요와 침묵, 생명과 평화를 품고 있는
나무들 임.

  그렇군요. 하느님은 나무를 창조하고 나무는 시인을
키웠군요.

조이스 킬머(1886~1918) 미국의 시인이자 저널리스트. 자연의 일상적인 아름다움
을 찬양하는 시를 썼다.

The Villain

W. H. Davies

While joy gave clouds the light of stars,

That beamed where're they looked;

And calves and lambs had tottering knees,

Excited, while they sucked;

While every bird enjoyed his sing,

Without one thought of harm or wrong –

I turned my head and saw the wind,

Not far from where I stood,

Dragging the corn by her golden hair,

Into a dark and lonely wood.

악당

윌리엄 헨리 데이비스

별빛이 비추는 곳마다 구름이 광채를 띠며

기뻐하는 동안,

송아지와 새끼양이 어미젖을 빨며

흥분해 비틀거리는 동안,

아무런 근심 걱정 없이

새들이 제 노래를 즐기는 동안–

나는 고개 돌려 보았네,

내게서 얼마 떨어지지 않은 곳에서

바람이 옥수수 황금빛 머리카락을 낚아채

어둡고 인적 없는 숲속으로 끌고 들어가는 것을.

시는 무엇을 가르치기보다는 놀라게 하기 위한 글쓰기랍니다. 그렇다고 메시지가 없다는 건 아니에요. 메시지도 놀람을 통해서 전달하죠. 시를 짓는 시인이든 독자든 시라는 놀람을 통해 새삼 무언가를 '깨닫는' 것이죠.

그렇다면 시인은 어떻게 독자를 놀라게 할까요? 비결은 반복되는 일상을 마치 처음 보는 것처럼 '낯설게' 하는 것이에요. 낯설음에 순간 놀란 독자는 반복되는 일상이나 세상을 다시 돌아보게 되죠. 반복에 대한 일종의 반성을 하게 되는 겁니다. 그럴 때 세상의 생기는 되살아나고 독자의 감수성 또한 깨어나게 되지요.

'악당'이란 시 또한 독자를 놀라게 하기 위해 주도면밀하게 쓴 시예요. 그것도 아주 유쾌한 상상으로요. 이시는 전체적으로 자연의 밤 풍경을 묘사하고 있어요. 하지만 시의 분위기는 둘로 확연히 나뉩니다. 마지막 두 행까지는 자연의 평화로운 밤풍경을 묘사해요. 그래서 단어들도 밤이지만 모두 밝지요. 그러다 마지막 두 줄에서 갑자기 어둡고(dark) 음산(lonely)한 분위기로 확 바뀝니다. 바람이 옥수수 머리채를 잡아끌고 숲으로 들어갔다는 거예요.

'바람이 강도라니!' 이 놀라운 상상력에 감전되자마자 잠자던 우리의 감각이 벌떡 깨어나게 되죠. '어! 이것도 모르고 태평하기만 한 송아지, 새끼양, 새들은 어떡하나!' 반복되는 일상이 상상력 가득한 판타지세계로 바뀌는 순간입니다. '바람 강도'라는 놀라운 시적 상상력으로 말이죠.

윌리엄 헨리 데이비스(1871-1940) 영국의 시인. 자연의 경이로움, 여행을 통한 경험과 다양한 사람들을 만나면서 관찰할 수 있었던 삶의 고단함을 시에 담았다.

The Lake Isle Of Innisfree

William Butler Yeats

I will arise and go now, and go to Innisfree,

And a small cabin build there, of clay and wattles

made:

Nine bean −rows will I have there, a hive for the

honey −bee,

And live alone in the bee −loud glade.

And I shall have some peace there, for peace comes

dropping slow,

Dropping from the veils of the morning to where

the cricket sings;

There midnight's all a glimmer, and noon a purple

glow,

And evening full of the linnet's wings.

I will arise and go now, for always night and day

I hear lake water lapping with low sounds by the
shore;

While I stand on the roadway, or on the pavements
grey,

I hear it in the deep heart's core.

이니스프리 호수 섬

윌리엄 버틀러 예이츠

나 일어나 이제 가리라, 이니스프리로 가리라.
그곳에 진흙과 나뭇가지로 이은 작은 오두막 하나 짓고
아홉 이랑 콩밭 일구며, 벌통도 하나 쳐서
벌 소리 잉잉거리는 숲 속 빈터에서 홀로 살리라.

나 거기서 얼마간의 평화를 누리리, 평화는 서서히 방울
져 내리니
아침 장막으로부터 귀뚜라미 노래하는 곳까지 방울져 내
리는 평화
한밤엔 온통 빛으로 명멸하고, 한낮엔 보랏빛 타오르는
저녁엔 홍방울새 날갯짓 소리 가득 넘치는 곳.

나 이제 일어나 가리라. 밤낮으로 늘

나직이 찰싹대며 호수 기슭을 치는 소리 들나니,

길 위나 잿빛 도로 위에 서 있을 때

내 마음 깊은 곳에서 그 물결 소리 들나니.

오늘날 대부분의 사람들은 도시에서 태어나 도시에서 자라고 도시에서 살다가 도시에서 죽습니다. 이런 현대 도시인에게 "고향이 어디세요?"라고 물으면 무어라 대답해야 할지 몰라 망설이다 "고향 같은 거 없어요"라고 얼버무리곤 하죠. 고향하면 으레 집 앞 냇가엔 버들치와 송사리가 살고 마을 뒤 계곡엔 가재가 살며, 마을 앞쪽엔 봄보리와 가을 벼로 가득한 황금들녘이 펼쳐지는 농촌이거나, 어머니 품 같은 포구에 배들이 옹기종기 들어서 있고 까만 몽돌과 금모래 바닷가엔 푸른 파도가 연신 하얗게 부서지는 어촌쯤은 돼야 한다고 생각하는 겁니다. 그곳엔 할머니 할아버지가 살고 계셔 방학 때면 놀러가곤 하는 시골이라야 고향 자격이 있다는 말이죠.

하지만 이런 고향을 가진 사람이 얼마나 될까요. 설사 있다 하더라도 이젠 어릴 적 뛰놀던 그 옛 고향이 아니에요. 시골 집 대문 앞까지 시원스럽게 포장도로가 나 있고 마을 앞 시내나 강엔 둑과 보가 세워져 수영조차 할 수 없는 수로가 돼버린 지 오래지요. 갯바위를 부수고 바닷가 코앞까지 해안가 도로가 나 있어 파도소리보다 차 소리가 더 크게 들립니다. 방학 때면 놀러갈, 나이 들면 돌아갈 고향을 잃어버린 것이지요.

이름도 아름다운 이니스프리는 아일랜드 북서쪽 슬라이고(Sligo) 지방에 있는 호수인데요. 바로 시인이 어린 시절을 보낸 곳이며 시인의 마음속에 영원히 남아 있는 고향이에요. 늘 시인의 귓가에 파도소리가 맴돌아 지금이라도 일어나 돌아가고픈 고향입니다. 수면 위 물보라가 걷히면서 아침을 맞고, 한낮엔 호수 섬을 뒤덮은 보랏빛 꽃으로 불타오르며, 저녁엔 홍방울새 날갯짓과 풀벌레 울음으로 잉잉대고, 한밤엔 별빛으로 반짝이는 이니스프리 호수 섬. 그곳은 퇴화된 인간의 감각을 깨우는 인류의 영원한 고향이랍니다. 이 시는 꼭 영어 원문으로 소리 내 읽어야 해요. 그래야 고향에서만 느낄 수 있는 오감이 확 열린답니다.

윌리엄 버틀러 예이츠(1865~1939) 아일랜드 시인 겸 극작가. 아일랜드의 전설과 신비주의를 시에 담았다. "나라의 영혼을 표현한 작품"이라는 평가를 받으며 1923년 노벨문학상을 수상했다.

The Road Not Taken

Robert Frost

Two roads diverged in a yellow wood,

And sorry I could not travel both

And be one traveler, long I stood

And looked down one as far as I could

To where it bent in the undergrowth;

Then took the other, as just as fair,

And having perhaps the better claim,

Because it was grassy and wanted wear;

Though as for that the passing there

Had worn them really about the same,

And both that morning equally lay

In leaves no step had trodden black.

Oh, I kept the first for another day!

Yet knowing how way leads on to way,

I doubted if I should ever come back.

I shall be telling this with a sigh

Somewhere ages and ages hence:

Two roads diverged in a wood, and I –

I took the one less traveled by,

And that has made all the difference.

가지 않은 길

로버트 프로스트

노란 숲 속 두 갈래로 길이 나 있었습니다.
두 길 다 가보지 못하는 것이 안타까워,
한동안 나그네로 서서
한쪽 길이 굽어 꺾여 내려간 곳으로
눈이 닿는 데까지 멀리 바라보았습니다.

그러고는 똑같이 아름다운 다른 쪽 길을 택했습니다.
이 길은 풀이 더 우거지고 발자취도 적어,
누군가 더 걸어가야 할 길처럼 보였기 때문입니다.
누군가 이 길을 걷는다면,
다른 쪽 길과 거의 같아질 것이지만요.

그 날 아침 두 갈래 길에는 똑같이
밟은 흔적 없는 낙엽이 쌓여 있었습니다.
아, 나는 다음 날을 위하여 한쪽 길을 남겨두었습니다!
하지만 길은 길로 이어지는 것이어서
다시 돌아올 수는 없는 법.

먼 훗날 어디에선가
나는 한숨을 쉬며 말할 것입니다.
숲 속에 두 갈래 길이 있었는데, 나는 −
사람이 적게 간 길을 택했노라고,
그래서 모든 것이 달라졌다고.

로버트 프로스트는 미국인이 가장 사랑하는 국민시인 중 한 명입니다. J. F. 케네디와 친구이기도 한 그는 케네디의 부탁으로 대통령취임식 기념 축시를 낭송하기도 했지요. 교사로, 해외사절로도 활동했지만, 그는 미국 북동부 뉴 잉글랜드 시골에서 농사를 짓던 9년 간의 삶을 가장 소중하게 생각했습니다. 그래서인지 대부분 그의 시는 자연과 농촌의 소소한 일상에서 얻은 깨달음을 담담하게 진술하는 특징을 갖고 있습니다. 「가지 않은 길」은 우리나라 사람들이 좋아하는 외국시 중 다섯 손가락 안에 꼽힐 정도로 우리에게도 많이 알려진 시입니다. 중고등학교 영어교과서에 실리기도 해 청소년들에게도 꽤 알려진 시지요. 그만큼 우리정서에 잘 맞고, 쉽게 공감할 수 있는 시입니다.

프로스트는 "시는 기쁨으로 시작해 예지로 끝난다"는 자신만의 시학을 갖고 있었습니다. 「가지 않은 길」도 그의 시세계를 잘 드러내는 시편 중 하나지요. '기쁨'은 주로 자연이나 농촌의 구체적인 삶 속에서 느끼는 감정이고, '예지'는 단순해 보이는 기쁨 속에서 깨닫는 인생의 진리를 말합니다. 쌀 한 톨에 우주의 진리가 담겨 있듯 단순해 보이는 그의 시에는 인생의 깊은 진리가 담겨 있습니다. 그러니 쉽다고 가볍게 지나간다면 그의 시에서 볼 수 있는 것이라곤 아름다운 농촌의 풍경뿐일 겁니다.

흔히들 이 시가 인생의 여러 갈림길에서 맞닥뜨리게 되는 선택의 중요성에 대해 말하고 있다고 생각해요. 물론 그런 의미를 지니고 있지요. 하지만 그건 이 시의 한 단면일 뿐이에요. 오히려 시인이 말하려는 것은 선택의 중요성이라기보다는 '선택의 한계'예요. 시의 전면에 드러나는 것은 숲 속 두 갈래 길에서 아름다움을 감상하는 화자의 기쁨입니다. 하지만 예지는 겉으로 드러난 기쁨, 그 뒤에 숨어 있지요. 예지는 한 번에 이를 수 있는 길이 아니에요. 깊은 성찰을 통해야만 이를 수 있는 깨달음의 길입니다. 첫째 연에서 시인은 예지에 이르는 길의 단서를 은근히 남겨놓습니다. 그 단서가 되는 단어가 'sorry' 'long' 'as far as'예요. 두 길을 다 가지 못하는 것이 유감(sorry)스러워, 시 속 화자는 오랫동안(long) 서서, 선택하지 않은 길을 볼 수 있는 데까지 멀리(as far as) 바라봅니다. 시인은 선택의 한계에 대한 유감스러운 심정을 이 세 단어 속에 은근히 담아

놓고 있는 것이지요.

둘째, 셋째 연에서는 아름다운 두 길을 감상하는 기쁨 뒤 선택의 한계에 대한 성찰을 담담하게 묘사합니다. 그 성찰을 드러내는 단어가 'as just as' 'the same' 'equally'입니다. 두 길 모두 아름답고(as just as), 남이 덜 갔기 때문에 선택한 길도 누군가가 지나가면 곧 같아질(the same, equally) 것이라는 이성적 성찰이지요.

이런 성찰을 바탕으로 마지막 연에서는 과거와 현재의 선택이 미칠 미래의 결과에 대해서 말합니다. 즉 과거 자신의 선택으로 인해 미래 인생이 모두 달라졌다(질 거라)는 겁니다. 마지막 이 말 때문에 이 시가 선택의 중요성에 대해서 말하고 있다고 흔히들 생각하는 것 같습니다. 하지만 놓치지 말아야 할 것은, 이 연에서도 화자가 내리는 결론 속에는 한숨이(with a sigh) 짙게 섞여 있다는 사실입니다. 자신의 선택으로 인생이 달라졌지만(질 것이지만) 어떻게 달라졌는지 비교할 대상이 없다는 짙은 아쉬움이지요.

길은 길로 이어져 다시 돌아올 수 없듯, 수많은 갈림길을 만나지만 인생길은 언제나 한길로만 이어집니다.

갈라진 길로 다시 돌아와 다른 길을 선택할 수 없는 게 인생길이죠. 다만 자신의 선택에 의해 인생의 모든 게 달라질 뿐입니다. 그리고 이 시는 그 선택의 본질적인 한계에 대해 말하고 있는 거지요.

인생에서 자신이 선택한 삶과 비교할 수 있는 다른 삶이란 없습니다. 후회할 수는 있지만 돌아갈 수는 없지요. 선택의 결과로서 성공과 실패라는 비교는 애초부터 존재하지 않습니다. 자연이 있는 그대로 완성이듯 우리의 선택도 한 번으로 완성인 겁니다.

로버트 프로스트(1874~1963) 미국의 시인. 농장에서 생활한 경험을 토대로 소박한 자연을 시에 담았다. 현대 미국시인 중 가장 순수한 고전 시인으로 꼽힌다. 퓰리처상을 4회 수상했다.

Here and There

Francis W. Bourdillon

'HERE'

Soft benediction of September sun;
Voices of children, laughing as they run;
Green English lawns, bright flowers and butterflies;
And over all the blue embracing skies.

'THERE'

Tumult and roaring of the incessant gun;
Dead men and dying, trenches lost and won;
Blood, mud, and havoc, bugles, shoutings, cries;
And over all the blue embracing skies.

이곳은 그리고 그곳은

프랜시스 W. 부르디옹

'이곳은'

부드러운 구월 햇볕이 축복처럼 내리고
아이들이 달리면서 내는 소리와 웃음으로 가득하고
영국 푸른 잔디 마당엔 화사한 꽃과 나비가 만발한다.
모두가 푸른 하늘 품 안에서.

'그곳은'

끊임없는 총소리와 혼란
죽은 사람과 죽어가는 사람들, 빼앗고 빼앗기는 진지
피와 진창과 파괴, 나팔소리와 외침과 울부짖는 소리가
넘쳐난다.
모두가 푸른 하늘 품 안에서.

이곳에서는 온 가족이 저녁에 모여 풍요로운 음식과 담소를 나눕니다. 식사 후엔 소파에 앉아 디저트를 먹으며 텔레비전을 보지요. 대부분은 드라마나 오락 프로그램입니다. 하지만 그곳에서 특별한 사건이 터지면 잠깐 채널을 돌려 뉴스를 볼 때도 있지요. 그러니 우리 기억에 그곳은 항상 특별한 사건이 벌어지는 곳으로 남아 있습니다. 서로 싸우고 죽고, 폭격으로 건물이 무너지고, 그 무너진 건물 더미에 사람이 깔리고, 거리엔 손발이 잘린 사람들이 울부짖고. 하지만 그것도 잠시. 더 이상 자극적인 장면이 나오지 않으면 우린 다시 채널을 돌립니다. '이곳 하늘은 이렇게 푸르고 평화로운데, 어쩌면 그곳은 지구 밖 검고 어두운 다른 행성의 하늘 아래 있는 곳일지도 몰라.' 하며 화면이 바뀌기가 무섭게 우리는 그곳의 존재를 잊어버립니다.

가끔 이곳의 엄마는 채널을 돌리다 뼈만 남은 그곳의 까만 엄마가 막대기 같은 까만 아이에게 쪼그라든 젖을 물리고 있는 화면과 잠깐 마주치기도 하지요. 그럴 때마다 까만 젖가슴에서 떨어지지 않는 파리 떼를 보고

서둘러 화면을 돌리고 맙니다. 그러곤 요람에서 평온하게 자고 있는 하얀 아이에게 '흰 구름 같은 내 아가야 파란 하늘 아래서 튼튼하게 자라렴' 환한 미소를 지으며 부드럽게 요람을 한번 밀지요.

이상하죠! 이곳은 평화로운데 왜 그곳은 항상 전쟁 중일까요. 이곳은 풍요로운데 왜 그곳은 항상 가난할까요. 이곳이나 그곳 모두 똑같은 파란 하늘 아래일 텐데요. 혹시 이곳 사람들이 오래전에 그곳에 가서 평화와 풍요를 뺏어왔기 때문은 아닐까요. 그건 내가 한 일이 아니니 지금 나와는 상관없는 일이라고, 그곳의 존재를 내 평화로운 일상에서 지워버렸기 때문은 아닐까요. 까맣게 아주 까맣게.

프랜시스 W. 부르디옹(1852~1921) 영국의 시인이자 번역가. 「밤은 천 개의 눈을 지니고 있다」는 시로 명성을 얻었다. 생전에 다수의 시와 소설을 썼고, 번역가로도 활동했다.

Epitaph to A Dog

George Gorden, Lord Byron

Near this spot

are deposited the remains of one

who possessed beauty without vanity

strength without insolence

courage without ferocity

and all the virtues of man without his vices.

This praise, which would be unmeaning flattery

if inscribed over human ashes,

is but a just tribute to the memory of

Boatswain, a dog

who was born at Newfoundland, May, 1803,

and died at Newstead Abbey, Nov. 18, 1808.

개의 묘비명

조지 고든 바이런

이곳 가까이에
유해가 묻힌 이는
허영 부리지 않은 아름다움과
오만하지 않은 힘과
잔인하지 않은 용기와
인간의 악덕이 없는 모든 미덕을 갖췄다.
이 찬사가 인간의 잿더미 위에 새겨진다면
의미 없는 아첨이 되겠지만,
1803년 5월 뉴펀들랜드에서 태어나
1808년 11월 18일 뉴스테드 애비에서 죽은
개 '보우슨'을
추모하여 바치는 것이니 너무나 정당한 찬사이리라.

사람이 살면서 마지막 남긴 말을 유언이라고 하지요.
유명한 사람이거나 특별하게 고인의 부탁이 있을 경우
유언이 묘비명으로 새겨지기도 합니다. 그중 근사한 몇
개를 소개하지요.

"내가 죽으면 술통 밑에 묻어줘. 운이 좋으면 밑동이
샐지도 모르니까." 일본의 유명한 선승 모리야 센얀이
란 분의 묘비명이랍니다. 어때요? 살아생전 어떤 종교
의 교리도 훌훌 뛰어넘었을 것 같은 스님의 공력이 느
껴지나요.

우리에게도 이에 못지않은 스님이 한 분 계셨어요.
'걸레스님'으로 불렸던 중광 스님이지요.
"에이, 괜히 왔다."
삶에 대한 선문답 같은 그분의 묘비명이랍니다. 보통
사람의 입으로는 감히 토를 달기 힘든 도인의 경지를
살다 간 분 같지요.

영국 극작가 '버나드 쇼'의 묘비명은 절로 웃음 짓게

해요.

"내, 우물쭈물하다가 이렇게 될 줄 알았다!!"

극작가 출신다운 재미있는 묘비명이죠. 하지만 웃음 뒤에는 정곡을 찌르는 인생의 씁쓸한 깨달음을 담고 있지요. "시간(time)과 조수(tide)는 사람을 기다리지 않는다"는 영국속담처럼, 예고 없이 찾아든 죽음의 비극을 희극적으로 받아들이는 대작가의 여유가 돋보이는 묘비명입니다.

끝으로 세기의 간첩으로 유명했던 마타하리의 비문을 소개하죠.

"마르가르테 게르트루드 젤러."

무슨 말인지 모르겠죠? 바로 그녀의 본명이에요. 평생을 가명으로 이중스파이로 살다가 죽어서야 비로소 자신의 본래 이름을 되찾은 것이죠. 그녀의 기구한 삶만큼이나 슬픈 묘비명입니다.

이 시에서 묘비명의 주인공 보우슨(Boatswain)은 아마도 시인 바이런이 기른 개였나 봐요. 영어로 보우슨이라고 하면 선장의 항해를 돕는 갑판장을 뜻해요. 요즈음은 개를 애완견이라고 부르는 대신에 함께 살아간다는 '반려'라는 말을 붙여 반려동물이라고 부르죠. 바이런의 보우슨은 비록 짧은 기간이지만 시인의 인생 항해에 충직한 반려동물이었나 봅니다. 바이런은 다리가 휜, 기형적인 몸을 갖고 태어났다고 해요. 아마도 보우슨은 죽을 때까지 바이런의 곧은 두 다리가 되어주었을 거예요. 그런 충직한 개가 죽자, 시인은 자신의 두 다리가 부러진 것 같은 아픔과 슬픔으로 반려동물 보우슨의 묘비명을 쓴 것이죠. 그 어떤 인간의 묘비명보다 가슴 숙연해지는 묘비명입니다.

조지 고든 바이런(1788~1824) 낭만주의 시인의 선두주자로 유명했던 영국의 시인. 신체적 약점에도 불구하고 조각 같은 외모와 방탕한 기질로 유럽 여성들의 마음을 사로잡았다. 28세에 고국을 등지고 그리스의 독립운동을 도왔으나 열병에 걸려 생을 마쳤다.

On Being Asked Whence Is the Flower

Ralph Waldo Emerson

In May, when sea — winds pierced our solitudes,

I found the fresh Rhodora in the woods,

Spreading its leafless blooms in a damp nook,

To please the desert and the sluggish brook.

The purple petals, fallen in the pool,

Made the black water with their beauty gay;

Here might the red — bird come his plumes to cool,

And court the flower that cheapens his array.

Rhodora! if the sages ask thee why

This charm is wasted on the earth and sky,

Tell them, dear, that if eyes were made for seeing,

Then Beauty is its own excuse for being:

Why thou wert there, O rival of the rose!

I never thought to ask, I never knew:

But, in my simple ignorance, suppose

The self – same Power that brought me there

brought you.

꽃은 어디서 왔는가? 라는 물음에 대하여

랠프 월도 에머슨

5월 바닷바람이 우리의 고독 속으로 파고들 때
난 보았다 숲 속 갓 피어난 로도라*가
눅눅한 구석에서 이파리 없이 꽃몽오리 활짝 펼쳐
황야와 느린 개울을 즐겁게 해주려고 피어 있는 것을,
웅덩이에 떨어진 자줏빛 꽃잎들은
그 아름다움으로 시커먼 물을 화사하게 만들었다.
붉은 새가 깃털을 식히려 이곳에 날아온다면
그의 맵시를 무색케 한 이 꽃에게 구애할지도 모를 일이다.
로도라! 현인들이 그대는 아름다움을
왜 땅과 하늘에서 허비하는지 묻는다면.
말하라, 그대 소중한 이여, 눈이 보기 위해 만들어졌다면
아름다움은 그 자체가 존재이유라고.

---

* 진달래과 낙엽관목으로 주로 습지에서 자란다.

오 장미의 라이벌인 그대! 그대가 왜 거기에 있는지,

난 물어볼 생각도 안 했고, 또 알지도 못한다.

하지만, 내 단순한 무지 속에서 생각한다.

나를 그곳으로 데려온 바로 그 힘이 그대도 그곳으로 데

려왔다고.

북미 인디언은 나무를 '키 큰 형제'라고 불렀대요. 그들은 기력이 쇠할 때면 숲에 가서 '키 큰 형제'를 한참동안 부둥켜안았답니다. 그러면 기력이 회복됐다고 해요. 건강을 위해 숲의 맑은 공기를 들이쉬는 데 열중하는 우리와는 나무와 숲을 대하는 자세가 조금 다르죠. 그들은 자연을 부모나 조상, 형제자매처럼 생각했던, 인류 역사상 가장 자연친화적인 생태문화를 이어갔던 부족이었어요.

근대 서구사회는 자연에 깃든 모든 영성을 몰아내고 자연을 단순히 자원으로 전락시킨 시대였지요. 우리나라도 1960년대 말부터 조국 근대화라는 국가사업을 벌여 전국적으로 자연개발에 나섰어요. '새마을운동'은 수천 년 동안 자연친화적인 방식을 추구했던 우리 전통마을을 '전근대적 헌마을'로 보고 근대적인 새마을로 개조한 운동이었어요. 물론 자연을 바라보는 정신까지도 개조하려 했지요.

시인 에머슨은 개척정신과 기독교윤리로 무장한 19

세기 미국 근대화에 반기를 든 사람이었어요. 개척이란 이름 하에 수천 수만 년 동안 인디언들의 땅이었던 광활한 자연을 실용적인 목적으로만 이용하고 파괴하는 것에 대항하는 정신운동을 펼친 사람이었죠. 그가 펼친 운동이란 "자연과 신과 인간은 하나다"는 범신론적인 관념철학이었습니다. 이 시도 그의 사상을 품고 있는 작품이에요.

로도라(Rhodora)라는 진달래과 관목의 어원은 'rose'+'tree'예요. 그래서 시인은 로도라를 장미와 라이벌이라고 말했나봐요. 장미만큼이나 로도라도 아름답다는 의미에서 말이지요. 하지만 시인은 장미보다 로도라를 더욱 사랑하는 것 같아요. 정원에서 인간에 의해 가꿔지는 장미와는 달리 로도라는 야생에서 자라는 꽃이기 때문이죠. 그것도 거친 황야(the desert)에서, 숲의 눅눅하고(damp) 구석진(nook) 곳에서 핀 야생화이기 때문입니다.

숲 속 들판에 홀로 피어 있는 야생화와 맞닥뜨렸을 때의 느낌은 정원, 화분에 심어진 장미꽃을 감상할 때의 느낌과는 사뭇 다릅니다. 야생화는 장미에선 느낄 수 없는 원시자연의 생기와 신비를 간직하고 있지요. 장미가 정원과 화분에 뿌리를 내린다면, 야생화는 숲과 들, 대지에 뿌리를 박고 있어요. 장미가 사람이 주는 물을 받아먹고 산다면, 야생화는 빗물과 샘물을 빨아먹고 살지요. 그래서 화사한 장미꽃에게선 인공적인 사람의 손길이 느껴지고, 수수하고 청초한 야생화에게선 자연스런 신의 손길이 느껴지는가봐요. 야생화 로도라를 숲 속에서 발견한 시인은, 그 아름다움에 감탄하며 자신을 창조한(그곳에 데려온) 신(힘)이 로도라도 창조했다(그곳에 데리고 왔다)고 추측해요. 자연과 신과 인간이 하나 됨을 직감하는 벅찬 순간입니다.

랠프 월도 에머슨(1803~1882) 미국의 시인이자 철학자. 자연과 인간과 신은 하나라는 입장을 지지했다.

The Arrow and the Song

Henry Wadsworth Longfellow

I shot an arrow into the air,

It fell to earth, I knew not where;

For, so swiftly it flew, the sight

Could not follow it in its flight.

I breathed a song into the air,

It fell to earth, I knew not where;

For who has sight so keen and strong,

That it can follow the flight of song?

Long, long afterward, in an oak

I found the arrow, still unbroke;

And the song, from beginning to end,

I found again in the heart of a friend.

화살과 노래

헨리 W. 롱펠로

나는 화살 하나를 공중에 쏘았습니다,
땅에 떨어졌는데, 어디에 떨어졌는지 알 수 없었지요.
어찌나 빨리 날아가던지, 날아가는 화살을
눈으로 따라갈 수 없었습니다.

나는 노래 하나를 공중에 띄워 보냈습니다,
땅에 떨어졌는데, 어디에 떨어졌는지 알 수 없었지요.
누가 그처럼 날카롭고 강한 시력을 지녀
날아가는 노래를 좇을 수 있겠습니까?

아주 멀고 먼 훗날 한 참나무에서
나는 아직도 부러지지 않은 채 그대로 있는 화살을 보았
지요.
그리고 알았습니다, 노래 또한 처음부터 끝까지
한 친구의 가슴속에 그대로 남아 있음을.

'말 한마디로 천 냥 빚을 갚는다'는 속담이 있지요. 진심 어린 말에는 사람의 마음을 움직일 수 있는 굉장한 힘이 들어 있다는 의미입니다. 하지만 말은 때론 돌멩이 같기도 해 잘못 던지면 사람을 크게 다치게 만들지요.

'발 없는 말이 천리를 간다'는 속담도 있죠. 한번 입에서 나간 말은 어떤 것으로도 다시 주워 담을 수 없다는 의미입니다. 오죽하면 '낮말은 새가 듣고 밤 말은 쥐가 듣는다'고까지 했겠어요. 그래서 북미인디언들은 진정한 용기는 침묵하는 것이라고 했어요. 상대방이 자신의 말을 받아들일 마음의 준비가 될 때까지 침묵하며 기다릴 줄 아는 게 진정한 용기라는 거지요. 침묵이야말로 말에 진정한 힘을 실어준다고 생각한 겁니다.

이렇게 시인 롱펠로우는 무심코 던진 말이 시위를 떠난 화살처럼 누군가의 가슴에 평생 못처럼 박혀 있을 수 있다고 말하고 있어요. 하지만 동시에 그는 말은 노래도 될 수 있다고 해요. 남을 아프게 하는 말은 화살을 쏘듯(shot) 날아가지만 노래가 되는 말은 날숨

(breathe)처럼 부드럽게 날아가지요. 날아가 누군가의 가슴에 나비처럼 사뿐히 내려앉아요. 내려앉아 숨을 불어넣듯 그를 춤추게 합니다. 생명의 춤을.

헨리 W. 롱펠로(1807~1882) 미국의 시인. 신화나 전설에 영향을 받은 영국풍의 서정시를 주로 썼다. 그러나 후기에는 대중을 위한 좀 더 이해하기 쉬운 작품들을 썼다.

April is the Cruelest Month

- from The Waste Land

T. S. Eliot

April is the cruelest month, breeding

Lilacs out of the dead land, mixing

Memory and desire, stirring

Dull roots with spring rain.

Winter kept us warm, covering

Earth in forgetful snow, feeding

A little life with dried tubers.

사월은 가장 잔인한 달

-『황무지』1 '죽은 자의 매장' 첫 부분

T. S. 엘리엇

사월은 가장 잔인한 달

죽은 땅에서 라일락을 키워내고

추억과 욕망을 뒤섞고

봄비로 둔한 뿌리를 흔들어 깨운다.

겨울은 우리를 따뜻하게 했다

대지를 망각의 눈으로 덮고

마른 구근으로 그나마 생명을 유지시켰으니.

'사월은 가장 잔인한 달'이라는 이 유명한 선언은 현대
시의 거장 엘리엇이 쓴 장시 『황무지』에 나오는 첫 구
절이에요. 엘리엇은 1차세계대전 후 서구의 황폐한 정
신적 상황을 '황무지'로 묘사했어요. 자연과의 조화로
운 삶이 기계물질문명으로 깨지고 감각적인 욕망에만
탐닉하며 살아가는 현대 도시의 삶을 황무지로 묘사한
것이죠.

봄은 왔는데 새가 노래하지 않는다면 어떨까요. 봄이
와 얼음은 녹았는데 강이 흐르지 않는다면 어떨까요.
흐르지 않아 호수나 인공수로가 돼버린 강에 물고기가
살지 않는다면 어떨까요. 봄은 와 새싹이 돋고, 꽃은 피
는데 식물이 뿌리 내린 땅이 오염됐다면 어떨까요. 그
식물을 먹고 사는 생명들이 모두 모두 원인모를 병에
걸려 죽어가고 있다면 어떨까요.

이 현대판 황무지에는 봄이 와도 생명의 재생이란 없
어요. 강물은 오염되고 마른천둥만 칠뿐 비가 내리지
않죠. 생명과 풍요에 대한 추억을 부추기는 봄이 오히

려 괴로울 뿐입니다. 그래서 차라리 아무것도 모르는 망각의 겨울이 낫다고 생각해요.

계절의 여왕이라는 봄에 새는 침묵하고, 강물은 흐르지 않으며, 강에는 물고기가 없고, 들려오는 소리라곤 마른천둥과 기계 소리밖에 없는 황무지. 이런 황무지에서 살아가는 현대인의 삶을 엘리엇은 '살아 있지만 죽은 삶'이라고 묘사해요. 산업혁명의 발원지이지만 오염된 템스 강을 따라 살아가는 영국 런던 시민의 황폐한 삶을 엘리엇은 현대판 황무지로 암시했지요. 아침마다 거대한 차량 행렬이 한강다리 위로 꼬리에 꼬리를 물고 이어지는 도시 서울, 이곳의 사월의 봄은 어떨까요.

T. S. 엘리엇(1885~1965) 영국의 시인이자 비평가. 1차세계대전 이후 불안과 분노에 빠진 유럽의 황폐한 정신을 묘사한 『황무지』를 발표해 영국 시문학계에 새로운 획을 그었다. 1948년에 노벨문학상을 수상했다.

The Man He Killed

Thomas Hardy

Had he and I but met
By some old ancient inn,
We should have sat us down to wet
Right many a nipperkin!

But ranged as infantry,
And staring face to face,
I shot at him as he at me,
And killed him in his place.

I shot him dead because —
Because he was my foe,
Just so: my foe of course he was;
That's clear enough; although

He thought he's list, perhaps

Off – hand – like – ust as I –

Was out of work – had sold his traps –

No other reason why.

Yes; quaint and curious war is!

You shoot a fellow down

You'd treat if met where any bar is,

Or help to half – a – crown.

그가 죽인 사내

토마스 하디

그와 내가
어떤 오래된 여인숙에서 만났다면
마주 앉아
단숨에 술 여러 잔 들이켰을 텐데!

하지만 보병으로 사대에 정렬해
서로 얼굴을 향해 조준하여
그가 나를 쏘듯 나도 그를 쏘아
그를 대신해 나는 그를 죽였다.

나는 그를 쏴 죽였다 왜냐하면 –
왜냐하면 그는 내 적이기 때문에,
단지 그 이유만으로: 그래 그가 내 적이란 것은
분명하다. 비록

그의 입대 동기가, 아마
별 생각 없이 - 꼭 나처럼 -

실직해서 - 그의 세간을 팔았기 - 때문이리라
다른 이유는 없지.

그래, 전쟁이란 이 얼마나 해괴하고 우스운 짓인가!
너는 한 친구를 쏴 죽였다
어느 선술집에서 만났다면 술 한잔 샀을,
아니면 반 크라운을 도와줄 수도 있었을 그 친구를.

한국전쟁으로 인한 총 사상자 수가 거의 오백만 명이나 된답니다. 지금 서울인구의 반에 가까운 사람이 죽거나 다쳤다고 생각하니 소름이 돋지요. 소위 '이념'이라는 생각의 차이 때문에 서로 죽기 살기로 싸운 건데요. 실은 공산주의니 자본주의니 하는 이념이라는 것도 외부에서 들어온 '손님'일 뿐이죠. 수천 년 동안 인간에게 가장 끔찍한 재앙 중 하나였던 천연두 마마처럼 그 이념이라는 것이 한번 몸속으로 들어오자 전염병처럼 퍼져 무슨 열귀신들린 것마냥 미친 듯이 서로 죽이고 또 죽였어요. 역병의 흔적처럼 지금도 민족과 나라가 둘로 쪼개져 서로 총부리를 겨누고 있지요.

개인과 개인 사이에 일어나는 전쟁이란 없어요. 전쟁은 부족, 왕족, 민족, 국가, 제국, 이념, 종교 등등 거대한 집단 사이에서 일어나죠. 개인은 집단에 의해 강제로 전쟁터로 끌려갈 뿐입니다. 전쟁이 일어나면 집단은 개인에게 '적(foe)'이라는 사상무장을 시켜요. 그래서 친구나 이웃이 심지어 형 동생이 하루아침에 '공산군, 괴뢰군, 빨갱이, 베트콩, 유태인, 이단자, 기독교인, 무슬

림, 흑인, 인디언'이라는 적으로 둔갑하죠. 그러고는 살인이 영웅시되는 미친 애국전쟁이 시작됩니다.

하지만 전쟁이라는 집단광기의 시대에도 문학은 개인을 구하려 애써요. 전쟁이 들씌운 '적(a foe)'이라는 해괴하고(quaint) 우스운(curious) 복면을 벗기고 맨얼굴을 보여주려 하죠. 적이 되어 내가 쏘아 죽여야만 했던, 술 한잔 사고 싶은, 돈 몇 푼 도와주고 싶은 살가운 친구의(a fellow) 얼굴을.

토머스 하디[1840~1928] 영국의 소설가이자 시인. 대표작은 『귀향』, 『테스』, 『미천한 사람 주드』 등이 있다. 19세기 말 영국 사회의 인습과 속물적인 근성, 편협한 종교인의 태도를 비판했다.

The Weary Blues

Langston Hughes

Droning a drowsy syncopated tune,

Rocking back and forth to a mellow croon,

I heard a negro play.

Down on Lenox Avenue the other night

By the pale dull pallor of an old gas light

He did a lazy sway······

He did a lazy sway······

To the tune o'those Weary Blues.

With his ebony hands on each ivory key

He made that poor piano moan with melody.

O Blues!

Swaying to and fro on his rickety stool

He played that sad raggy tune like a musical fool.

Sweet Blues!

Coming from a black man's soul.

O Blues!

In a deep song voice with a melancholy tone

I heard that Negro sing, that old piano moan −

"Ain't got nobody in all this world,

Ain't got nobody but ma self.

I's gwine to quit ma frownin'

And put ma troubles on the shelf."

Thump thump, thump, went his foot on the floor.

He played a few chords then he sang some more −

"I got the Weary Blues

And I can't be satisfied.

Got the Weary Blues

And can't be satisfied −

I ain't happy no mo'

And I wish that I had died."

And far into the night he crooned that tune.

The stars went out and so did the moon.

The singer stopped playing and went to bed

While the Weary Blues echoed through his head.

He slept like a rock or a man that's dead.

지친 블루스

랭스턴 휴스

졸린 소실음을 단조롭게 낮은 목소리로 읊조리며

앞뒤로 삐걱대는 의자 박자에 맞춰

한 검둥이가 연주하는 걸 들었네.

지난 밤 레녹스 거리

낡고 창백한 가스등불 가에서

끄덕 끄덕······

끄덕 끄덕······

지친 블루스 리듬에 맞춰 몸을 흔드는.

상아색 건반 위에 검은 손

고장난 피아노를 멜로디로 흐느끼게 하는

오 블루스!

삐걱대는 의자에 몸을 흔들며

박치처럼 슬픈 래그타임 음조를 연주했네.

달콤한 블루스!

흑인 영혼에서 울려나오는

오 블루스!
감상적인 톤에 깊은 목소리로

검둥이가 노래하는 걸 들었네, 낡은 피아노가 신음하는
걸 –
"이 세상엔 아무도 없어,
나 말고 아무도 없지.
이젠 찡그린 얼굴을 펴고
고통일랑 선반 위에 놓자"
쿵, 쿵, 쿵, 바닥에 발을 구르며.
그는 코드 몇 개를 연주하고 이어 노래를 불렀다네 –
"지친 블루스를 부르지만
만족이 안 돼.
지친 블루스를 부르지만
만족할 수 없어 –
더 이상 행복하지 않아
차라리 죽었으면."
밤이 깊도록 그는 저음으로 블루스를 읊조렸네.
별이 지고 달도 지자.

검둥이는 연주를 그치고 잠자리에 드네.

지친 블루스는 그의 머릿속에 맴돌고

바위처럼 죽은 사람처럼 그는 잠이 들었다네.

랜스턴 휴스는 1920년대 뉴욕 흑인빈민가인 할렘을 중심으로 일어난 흑인문예운동을 이끈 시인이에요. 휴스는 처음으로 흑인의 정체성을 '소울(soul)'이라는 말로 집약시킨 사람이지요. 흑인의 소울에는 고향인 아프리카 검은 대지의 생명과 영혼이 들어 있고 아프리카 나일 강의 역사가 피처럼 흐르고 있다고 노래했어요. 이런 풍요롭고 깊은 '영혼'에 대한 자긍심으로 미국흑인들은 'African'이라는 그들 피의 뿌리를 american 앞에다 놓음으로써 'African - american'이라는 자신들의 정체성을 새롭게 세웠지요. 그들의 영혼(Soul)에서 울려나오는 음악이 바로 'Blues'랍니다.

블루스는 말 그대로 '우울한(blue)' 느낌이 드는 음악이에요. 노예로 끌려와 백인 주인 밑에서 보내야 했던 굴종의 삶을 낮고 짙은 목소리로(a merrow croon) 이야기하듯 읊조리는(droning) 블루스. 박치(a musical pool) 같은 재즈리듬의 엇박(raggy tune)을 삐걱대는 의자(rickety stool) 리듬에 맞추고(swaying to and fro) 감상적인 선율로 낡은 피아노를 흐느끼게(moan) 하는 블루스. 하얀 피아노 건반(ivory key) 위의 까만 손(ebony hands)에서 울려나오는 흑인 영혼의 음악 블루스.

울음으로 슬픔을 덜어내는 것처럼, 시 속 검둥이 가수는 피곤하고 고단한 삶의 고통을 지친 블루스(weary blues)로 덜어내고 있어요. "아무리 불러도 만족이 안 돼 차라리 죽고 싶다"고 노래하지만, 지친 블루스의 선율은 한없이 깊고 달콤합니다(sweet blues). 칠흑 같은 밤 고단한 잠자리에 내려앉아, 아프리카 대지의 검은 어머니 품처럼 나일강의 깊은 아버지 마음처럼 지친 흑인의 영혼을 품고 흐르지요.

랭스턴 휴스[1902~1967] 미국의 시인. 흑인문예운동인 할렘르네상스를 이끈 주역.

Last Lesson Of The Afternoon

D. H. Lawrence

When will the bell ring, and end this weariness?

How long have they tugged the leash, and strained

apart,

My pack of unruly hounds! I cannot start

Them again on a quarry of knowledge they hate to

hunt,

I can haul them and urge them no more.

No longer now can I endure the brunt

Of the books that lie out on the desks; a full

threescore

Of several insults of blotted pages, and scrawl

Of slovenly work that they have offered me.

I am sick, and what on earth is the good of it all?

What good to them or me, I cannot see!

So, shall I take

My last dear fuel of life to heap on my soul

And kindle my will to a flame that shall consume

Their dross of indifference; and take the toll

Of their insults in punishment? − I will not! −

I will not waste my soul and my strength for this.

What do I care for all that they do amiss!

What is the point of this teaching of mine, and of this

Learning of theirs? It all goes down the same abyss.

What does it matter to me, if they can write

A description of a dog, or if they can't?

What is the point? To us both, it is all my aunt!

And yet I'm supposed to care, with all my might.

I do not, and will not; they won't and they don't;
and that's all!

I shall keep my strength for myself; they can keep
theirs as well.

Why should we beat our heads against the wall

Of each other? I shall sit and wait for the bell.

마지막 오후수업

데이비드 허버트 로렌스

언제 종이 울려 이 지겨움이 끝나려나?

그들은 얼마나 오랫동안 팽팽하게 끈을 당겨 떨어져나가

려고 했는가

통제할 수 없는 나의 한 무리 사냥개들!

나는 추적하기 싫어하는 지식사냥에 다시 그들을 출발시

킬 수 없다,

나는 더 이상 그들을 잡아끌거나 강요할 수도 없다.

나는 책상에 펼쳐진 책들의 공세를

더 이상 견뎌낼 수 없다. 육십 명이나 되는 학생들의

낙서로 얼룩진 페이지의 모욕

내게 엉망으로 제출한 숙제.

나는 지쳤다. 이게 다 무슨 소용이란 말인가?

그들이나 나에게 무슨 소용이 있는지 정말 모르겠다!

그렇다면

마지막 남은 내 삶의 소중한 연료를 내 영혼에 쏟아

의지에 불을 지펴 그들 무관심의 찌꺼기를 태워버릴까;

그리고 벌로서

그들 모욕의 대가를 받아볼까? – 그러지 않으리라 –

그것을 위해 내 영혼과 힘을 낭비하지 않으리라.

그들이 잘못하는 모든 것에 내가 책임질 이유가 어디 있

단 말인가!

내 가르침이 과연 필요한 것일까? 그리고 그런

그들의 배움 또한 필요하기나 한 것일까? 모두 똑같이

심연의 바닥으로 가라앉을 뿐이다.

그들이 글로 개를 잘 묘사할 수 있는지

없는지, 내게 뭐가 그리 중요하단 말인가?

무슨 의미가 있을까? 둘 모두에게 쓸모없다!

다만 나는 전력을 다해 힘을 쏟기로 되어 있을 뿐.

나는 그렇게 하지 않는다. 그렇게 하지 않겠다. 그들은 관

심을 기울이려 하지 않는다,

관심도 없다. 그러면 됐다!

나는 나 자신을 위해 힘을 쓰고, 그들은 그들을 위해 힘
을 쓰면 된다.

왜 가로 놓인 벽을 향해 서로 머리를 짓찧어야 되는가?

나는 앉아 종소리나 기다리련다.

지루하고 따분한 오후 수업의 끝을 알리는 종이 울리기만을 기다리는 쪽이 학생이 아니라 선생님이라니! 너무 뜻밖이라 놀랐죠? 맹자는 군자의 세 가지 즐거움 중 하나를 '천하의 인재를 얻어 가르치는 것'이라 했는데, 이 시의 화자인 선생님은 자기 반 학생을 통제 불가능한 '한 무리의 사냥개'에 비유해요. 그러고는 주인의 통제를 벗어나려 몸부림치는 아이들과 더 이상 싸울 기력도 의지도 없다고 푸념을 늘어놓습니다. 그래도 그렇지, 교직은 생계를 위한 다른 직업과는 달리 사명감을 갖고 하는 천직이라는데 어떻게 선생님 입으로 '가르치거나 배우는 게 의미가 없다'고 말할 수 있을까요.

하지만 역지사지라고 왜 그런 극단적인 말을 하게 됐는지 화자인 선생님 입장에 서보기로 하죠. 작문시간일까요. 개에 대한 묘사(a description of an dog)를 가르치는 걸 보면 아마도 초등학교 저학년 담임선생님인가 봐요. 그것도 한 반에 60명(a full threescore)이나 되네요. 아이들 책은 온갖 낙서로 더럽혀져 있고 제출한 숙제는 엉망이어서 일일이 지적해 고쳐줄 걸 생각하니 머리가 지끈거리겠죠. 아무리 사명감이라 해도 그렇지, 배울 생각도 의지도 없는 아이들을 상대로 하루 대여섯 시간 내내 서서 가르치다 보면, 문득 '이게 뭐하는 짓인가' 하는 생각이 드는 것도 당연할 거예요.

  그렇다면 "더 이상 영혼과 힘을 낭비하지 않으리라"는 결단에서 나타난 것처럼 선생님은 당장 사표를 던졌을까요? 천만에요. 로렌스는 이 시의 후속편으로 「Best of School: Morning Joy(최고의 수업: 아침의 기쁨)」을 썼는데요. 시의 화자로 동일한 선생님이 등장해 아이들을 가르치는 즐거움을 예찬하지요. 같은 아이들, 같은 선생님인데 어떻게 그럴 수 있냐고요? 이유는 간단해요. 신선한 공기와 찬란히 떠오르는 햇빛으로 아이들이나 선생님 모두 몸과 영혼이 힘을 얻고 맑아지는 아침이니까요. 그래요, 마지막 오후수업 때가 되면 또다시 가로 놓인 벽을 향해 쿵 쿵 서로의 머리를 짓찧겠죠. 수업 마치는 종이 울리기만을 학수고대하면서요.

데이비드 허버트 로렌스(1885~1930) 영국의 시인이자 소설가. 영국의 관습과 제도, 허위와 윤리의식을 정면으로 직시하는 작품을 썼다.

The Song of Quoodle

G. K. Chesterton

They haven't got no noses,

The fallen sons of Eve;

Even the smell of roses

Is not what they supposes;

But more than mind discloses

And more than men believe.

They haven't got no noses,

They cannot even tell

When door and darkness closes

The park a Jew encloses,

Where even the law of Moses

Will let you steal a smell.

The brilliant smell of water,

The brave smell of a stone,

The smell of dew and thunder,

The old bones buried under,

Are things in which they blunder

And err, if left alone.

The wind from winter forests,

The scent of scentless flowers,

The breath of brides' adorning,

The smell of snare and warning,

The smell of Sunday morning,

God gave to us for ours

* * *

And Quoodle here discloses
All things that Quoodle can,
They haven't got no noses,
They haven't got no noses,
And goodness only knowses
The Noselessness of Man.

쿠우들의 노래

길버트 키스 체스터튼

이브의 타락한 아들들
그들은 코가 없어
장미 냄새조차도
그들은 헤아릴 수 없지.
그건 그들의 머리로 드러낼 수 있는 것 이상이고
그들이 믿을 수 있는 것 이상이지.

그들은 코가 없어
말할 수도 없지
유대인이 울타리 친 공원이
언제 어둠이 내려 문을 닫는지,
심지어 모세 율법이 네게
어디서 냄새를 훔치도록 허락했는지를.

혼자 남겨지면

그들은 어정어정 모르고 그냥 지나가지
찬란하게 빛나는 물 냄새
멋진 돌 냄새
이슬과 천둥 냄새

발밑에 묻힌 오래된 뼈들을,

겨울 숲에서 부는 바람
향기 없는 꽃들의 냄새
신부 장식에서 풍기는 향기
덫과 위험을 알리는 냄새
일요일 아침 냄새,
이 모든 게 신이 우리 몫으로 베푸신 것들이지.

* * *

이것들을
쿠우들은 드러낼 수 있지.
그들은 코가 없어

그들은 코가 없다고

맞아, 틀림없이

인간은 코가 없어.

세계인구의 60%, 우리나라 인구의 82%가 도시에 밀집해 살고 있답니다. 거대한 시멘트 덩어리인 도시는 자연의 풍성한 유기체 냄새를 체계적으로 억압해 냄새 없는 '깨끗한 곳'이 됐지요. 산업혁명 이후 가속화된 도시화의 결과로 오늘날 도시인의 감각기능에도 큰 변화가 일어났어요. 중세인과 비교하면 현대인의 감각기능은 시각을 제외한 모든 감각이 현저하게 퇴보됐다고 해요. 현대인은 거의 절대적으로 시각에만 의존해, 말 그대로 '보는 것이 믿는 것'인 세상을 살아가고 있는 셈입니다.

짐작했겠지만 '쿠우들'은 개예요. 쿠우들의 눈으로, 아니 '코'로 맡아보면 인간은 코 없는 이상한 생명체임에 틀림없을 거예요. 개와 동행하지 않으면 인간들은 주변 자연의 온갖 것들에서 나는 냄새를 맡지 못하고 그것들이 있는지조차 모르고 그냥 지나칠 테니까요. 개의 눈으로 보면 머리를 꼿꼿이 세우고 걸어가는 우리 모습이 얼마나 어색하고 우스꽝스러울까요. 코를 막고 가는 것처럼 보일 테니.

선악과를 먹고 에덴동산에서 쫓겨난 인간은 새로이 눈뜬 지식으로 문명세계를 건설했지요. 제2의 에덴인 문명도시에서 인간의 눈은 더욱 밝아졌어요. 하지만 우리의 코는 어떤가요. 대지와 자연에서 떠나온 지 오래된 코로 빛나는 물 냄새, 멋진 돌 냄새를 맡을 수 있을까요. 위험한 냄새는요. 우리 발밑에 묻혀 있는 조상들의 뼈 냄새는요. 어림도 없죠. 눈 감고서는 아무것도 느끼지 못한다면 우리에게 코가 있다고 말할 수 있을까요. 우리가 아침마다 목줄을 걸고 개를 산책시키는 게 아니라 혹시 개가 우리를 산책시키는 건 아닐까요. 코를 킁킁대며 팽팽하게 당겨진 목줄로 우리 손을 잡아당기며 자꾸 샛길로 빠지려하는 걸 보면요.

길버트 키스 체스터튼(1874~1936) 역설적인 표현을 통해 본질을 얘기하는 영국의 작가. 시뿐만 아니라 추리소설, 에세이, 전기 등 다양한 작품 활동을 펼쳤다.

Identity

Thomas Bailey Aldrich

SOMEWHERE – in desolate wind – swept space –
In Twilight – land – in No – man's land –
Two hurrying Shapes met face to face,
And bade each other stand.

"And who are you?" cried one a – gape,
Shuddering in the gloaming light.
"I know not," said the second Shape,
"I only died last night!"

정체

토머스 베일리 얼드리치

어디선가 – 바람이 휩쓸고 간 황량한 곳 –
땅거미 지는 – 사람이 살지 않는 곳에서 –
서둘러 가는 두 그림자가 마주치더니,
서로 멈추라고 명령했다.

"헌데 당신은 누구요?" 한 그림자가 놀라 소리쳤다,
저물어가는 석양빛에 떨며.
"모르오," 두 번째 그림자가 답했다,
"나는 어젯밤에 죽었소!"

얼드리치의 '정체'는 시라기보다는 공포영화나 연극의 한 장면 같지요. 모래사막 지평선 너머로 해가 뉘엿뉘엿 지는데 어디론가 달려가다 마주친 긴 두 그림자. 그 사이에 오가는 단 두 마디 대사.

"헌데 당신은 누구요?" "모르오. 나는 어젯밤에 죽었소."

이 시는 이 두 마디 안에 엄청난 분량의 독백과 방백, 대화와 이야기를 함축시켜 놓고 있어요. 그것은 정체(identity)로 대변되는 "나는 누구인가"에 대한 멈추지 않는, 멈출 수 없는 물음이지요.

내가 누구인가를 찾아가는 자아탐구는 고대그리스의 최고 비극 작품인 『오이디푸스 왕』 이래로 쉼 없이 지속되어온 문학의 영원한 질문이며 탐구예요. 인간은 자신의 존재 의미를 묻지 않고는 도무지 살아갈 수 없는 슬픈 의식의 동물이지요. '나는 쓸모없는 존재야. 없어도 되는 잉여존재'라고 생각하는 순간 '나'의 존재이유는 사라져버리고 맙니다. 존재이유를 찾지 못한, 혹은 **찾기를 포기한** 사람은 살아 있어도 죽은 거나 다름없는 **그림자존재**에 불과한 것이죠.

그러니 숨이 붙어 있는 한 인간은 숙명처럼 자신의 존재이유를 찾아 방황할 수밖에 없습니다. 찾는 걸 멈출 때 존재하는 이유 또한 사라질 테니까요. 마침내 내가 누군지 찾게 되는 곳은 죽음의 목전, 바로 오이디푸스가 마침내 자신의 정체를 찾고서 맞이한 운명일 겁니다. 괴테는 "방황하는 자는 찾는 자"라고 말했어요. 나를 찾아 방황하는 한 나는 살아야 할 이유가 있습니다. 하지만 찾기를 멈춘다면 나라는 존재는 이미 어젯밤에 죽은 내 그림자에 불과할지도 몰라요. 어쩌면 죽어서까지도 찾아다니며 물어야 할지도 모릅니다. "너는 누구냐?"고.

토머스 베일리 얼드리치(1836~1907) 미국의 시인. 잡지와 신문에 글을 기고하면서 다양한 예술인들과 친분을 쌓다가 자신만의 재능을 발견한 후 시와 산문작품을 발표했다.

Arithmetic

Carl Sandburg

Arithmetic is where numbers fly like pigeons in and out of your head.

Arithmetic tells you how many you lose or win if you know how many you had before you lost or won.

Arithmetic is seven eleven all good children go to heaven – or five six bundle of sticks.

Arithmetic is numbers you squeeze from your head to your hand to your pencil to your paper till you get the answer.

Arithmetic is where the answer is right and everything is nice and you can look out of the window and see the blue sky – or the answer is wrong and you have to start all over and try again and see how it comes out this time.

If you take a number and double it and double it again and then double it a few more times, the number gets bigger and bigger and goes higher and higher and only arithmetic can tell you what the number is when you decide to quit doubling.

Arithmetic is where you have to multiply – and you carry the multiplication table in your head and hope you won't lose it.

If you have two animal crackers, one good and one bad, and you eat one and a striped zebra with streaks all over him eats the other, how many animal crackers will you have if somebody offers you five six seven and you say No no no and you say Nay nay nay and you say Nix nix nix?

If you ask your mother for one fried egg for breakfast and she gives you two fried eggs and you eat both of them, who is better in arithmetic, you or your mother?

산수

칼 샌드버그

산수는 숫자들이 비둘기같이 네 머릿속을 들락날락하는 곳이야.

산수는 네가 잃거나 얻기 전에 가진 게 얼마였는지 안다면 네가 얼마나 잃고 얻었는가를 말해주는 것이지.

산수는 일곱 열한 명의 아이들을 모두 하늘로 보내거나—아니면 다섯 여섯 막대기 묶음을 보내거나 하는 거야.

산수는 답을 얻을 때까지 머리에서 손으로, 손에서 연필로, 연필에서 노트로 짜내는 숫자야.

산수는 답이 맞아서 모든 것이 정리되어 창문 밖을 내다보니 푸른 하늘이 보이는 곳이거나—답이 틀려 모든 것을 다시 시작해 이번에는 어떻게 나오는가를 보는 곳이지.

네가 어떤 숫자를 택해 그 숫자를 곱하고 또다시 곱하고 다시 몇 번을 더 곱해 그 숫자가 점점 더 커지고 높아져 마침내 네가 곱하기를 그만두겠다고 결심했을 때, 유일하게 그 수가 얼마인지 말해줄 수 있는 것이 산수야.

산수는 네가 곱셈을 해야 할 때 – 구구단을 네 머릿속에 떠올려 잊어버리지 않기를 희망하는 곳이지.

네가 동물모양의 크래커 두 개, 그 중 하나는 맛있고 다른 하나는 맛없는 것을 갖고 있는데, 네가 하나를 먹으면 몸에 온통 줄무늬가 쳐진 얼룩말이 다른 나머지 하나를 먹는다고 가정해봐. 만약 어떤 사람이 너에게 과자 다섯 여섯 일곱 개를 주려는데 네가 노 노 노라고, 안 돼 안 돼 안 돼라고, 싫어 싫어 싫어라고 말한다면 너는 동물 크래커를 몇 개나 갖게 될까?

만약 네가 엄마에게 아침으로 계란 프라이 한 개를 요구했는데 엄마가 두 개를 주었다고 가정해봐. 그런데 네가 두 개를 다 먹었다면 누가 산수를 더 잘하는 걸까, 너일까 엄마일까?

산수! 생각만 해도 머리가 아프죠. 그런데 '산수' 시라니! 읽기도 전에 머리에 쥐가 날지도 모르겠어요. 하지만 이 시는 어릴 적 산수를 처음 배울 때의 낯익은 풍경과 느낌을 유머러스하고 따뜻하게 표현하고 있어요. 마치 어린 시절 사진첩을 꺼내보는 것처럼 미소를 짓게 하죠.

 산수문제의 답은 언제나 숫자죠. 그런데 그 놈의 숫자가 0인지 1인지, 1인지 11인지, +1인지 −1인지 도무지 헷갈려 머릿속을 빙빙 도는 새만 같지요. 처음 엄마에게 곱셈을 배울 때가 생각나나요? 몇 번을 설명하다 안 되겠던지 엄마는 공책에다 막대기 10개를 그려놓고 5개를 한 '묶음'으로 묶고는 "다섯 개를 한 묶음으로 한 것이 두 개. 그래서 5곱하기 2는 10이 되는 거야. 이게 곱셈이란다"고 설명하죠. 이 시에서는 사람이나 막대기를 곱셈묶음으로 묶어 하늘로 보내네요. 'seven eleven heaven, six sticks' 이렇게 라임(rhyme)을 맞춰 소리도 함께 묶어서요.

숫자 답 하나 찾기 위해 머리를 쥐어짜고 손으로 부지런히 풀이과정을 적다가 마침내 깨알 같은 숫자로 빼곡히 채워진 공책을 볼 때 어떤 느낌이 들던가요. 스스로 대견스럽다는 생각이 들지 않던가요. 풀 때는 머리가 복잡하고 어지러웠는데 풀고 나니 머리가 맑아지는 느낌이 들지 않던가요. 구구단은 산수풀이의 묘약이죠. 산수시험을 볼 때 구구단을 잊어버렸다고 생각해보세요. 으~ 대낮인데도 앞이 캄캄해지죠.

어렵고 하기 싫은 산수를 가르치기 위해 엄마는 온갖 아이디어를 총 동원합니다. 그 중 가장 효과적인 것은 역시 먹는 것을 이용하는 것이죠. "맞추는 개수만큼 줄게" 하며 엄마는 (동물)과자를 미끼로 이용해 산수를 가르칩니다. 우리 아이 똑똑하게 자라라고 쏟는 엄마의 정성은 정말 눈물겹죠.

시인이 산수공부 하는 걸 얼마나 힘들어했으면 이런 시까지 썼겠나 싶은데요. 시인 칼 샌드버그에 관한 유명한 일화 중에 이런 얘기가 있대요. 그는 우리나라 육군

칼 샌드버그(1878~1967) 미국의 시인. 산업사회 속의 도시 노동자의 삶을 서정적으로 그려냈다. 에이브리엄 링컨의 전기를 써서 퓰리처상을 수상하기도 했다.

사관학교에 해당하는 미국의 웨스트포인트 사관생도였답니다. 그런데 졸업을 못하고 그만 중도에 탈락하고 말았대요. 그 이유가 바로 산수성적 때문이었다나요.

Yet Do I Marvel

Countty Cullen

I doubt not God is good, well − meaning, kind

And did He stoop to quibble could tell why

The little buried mole continues blind,

Why flesh that mirrors Him must some day die,

Make plain the reason tortured Tantalus

Is baited by the fickle fruit, declare

If merely brute caprice dooms Sisyphus

To struggle up a never − ending stair.

Inscrutable His ways are, and immune

To catechism by a mind too strewn

With petty cares to slightly understand

What awful brain compels His awful hand.

Yet do I marvel at this curious thing:

To make a poet black, and bid him sing!

하지만 내가 놀란 것은

카운티 컬린

나는 하느님이 선하고, 옳고, 친절하다는 걸 의심하지 않습니다.

그리고 그가 친히 몸을 굽혀 땅 속 작은 두더지가

왜 눈이 계속 멀어 있어야 하는가를 구차하게 변명할 수 있다는 걸,

왜 그를 닮은 육체가 언젠간 죽어야 하는가를,

탄탈루스가 잡힐 듯 달아나는 과일로 애타는 고문을 당하는 이유도

설명해줄 수 있다는 걸.

단지 짐승 같은 변덕으로 시지푸스에게 끝없는 계단을 오르도록

운명짓게 한 것은 아니라는 걸 밝힐 수도 있다는 걸, 나는 의심하지 않습니다.

그래요. 그의 방식은 교리문답 대상에서 벗어나 있어,

그분의 끔찍한 머리가 자신의 끔찍한 손에게 강요한 것을

사소한 걱정에나 사로잡혀 있는 이런 마음으로는

조금도 이해할 수 없을 것입니다.

하지만 나를 놀라게 한 참으로 이상한 것이 있습니다.

시인을 흑인으로 만들고 그에게 노래를 시키시다니요!

카운티 컬린은 랭스턴 휴스와 더불어 1920년대 흑인 문예운동인 '할렘르네상스'를 이끈 주역이에요. 하지만 작품세계는 서로 매우 달랐어요. 휴스가 빈민가 흑인의 언어로 민족 색채가 짙은 저항시를 쓴 반면, 컬린은 영국낭만주의 영향 아래서 민족을 뛰어넘어 보편적인 순수시를 쓰려고 했죠. 컬린은 유복한 흑인 목사 집안에서 자라 하버드에서 석사학위까지 받은 흑인 엘리트 지식인이었어요. 이런 지적 배경이 말해주듯 그의 시세계도 세련된 문학기교로 넘쳐나죠. 이러한 문학 경향 때문에 컬린은 흑인들에게 외면당하기도 했어요. 이 시는 흑인 지식인으로서 컬린이 처한 곤경을 잘 암시하고 있는 그의 대표작입니다.

먼저 이 시의 형식을 보기로 하죠. 이 시는 14세기 이탈리아에서 시작돼 16세기 영국 셰익스피어에 이르러 꽃을 피운 전통 '소네트(sonnet)' 형식이에요. 고려 말부터 조선시대 말까지의 대표적인 우리 정형시인 '시조'와 비견할 만한 유럽의 대표적인 정형시죠. 모두 14행으로 이루어져 있는데요. 한 '연'이 8행과 6행으로 나넌 이탈리아 소네트와, 한 연이 4행으로 이루어진 3개의 연에다 한 개의 연구(one couplet)가 덧붙여진 영국식 소네트가 있습니다. 연 구분의 원칙은 압운(rhyme, 라임)이라고 하는 소리의 반복인데요. 각 행의 끝소리가 일정한 규칙을 가지고 반복되는 것을 말해요. 예를 들면 영국 소네트의 압운형식은 abab/cdcd/efef/gg를 이루고 있습니다. 컬린의 시 「하지만 내가 놀란 것은」에서는 'efef'의 압운이 약간 틀릴 뿐 영국 소네트 형식을 충실히 따르고 있지요.

영국 소네트에서 4행이 한 연으로 이루어진 세 개의 연은 각각 이야기의 '기, 승, 전' 같은 역할을 하고, 마지막 연구(one couplet)는 '결' 같은 구실을 해요. 이 시의 '기, 승' 역할을 하는 첫 두 연에서 화자는 기독교 창조주인 하나님과 고대그리스 신화의 신에게 신성모독적인 불만을 늘어놓고 있습니다. 현실세계를 예로 들면서, 땅 속 두더지를 눈이 멀게 한 이유와 인간에게 죽음을 가져온 부당함에 대해 창조주는 기껏해야 변명이나(quibble) 늘어놓을 거라 빈정대고요. 상상세계를 예로 들면서는, 신화 속 두 인물에게 벌을 가한 이유가 짐승 같은 신의 변덕(brute caprice) 때문이 아니냐고 비아냥대지요. 그러고는 '전'의 구실을 하는 세 번째 연에서는 자기처럼 사소한 근심에 얽매여 있는 소인배가 어찌 신의 머리와 손으로 한 그 '끔찍한(awful)' 일을 이해할 수 있겠냐며 다소 반어적인 어조로 한 발 물러서는 척합니다.

하지만 마지막 결구 첫 단어 '그러나(yet)'로 분위기는 다시 반전되면서 신에 대한 불만은 정점에 이릅니다. 신의 끔찍한 창조질서(His ways)를 이해할 수는 없지만, 그 중에서도 가장 놀랍고 이해할 수 없는 것은 바로 '시인을 흑인으로 만들고 그에게 노래하도록 시킨다'는 거예요. 이 불만 속에는 '노예나 다름없는 동족의 현실을 외면하지 않으면서도 동시에 인류 보편적인 감성에 호소하는 시를 써야 하는 것이 얼마나 힘든 일인가'라는 시인의 곤경이 담겨 있습니다. 이 곤경을 시인은 앞 연에서 제시한 그 어떤 신의 형벌보다 기이한(curious) 천형(天刑)이라고 놀라워하는(marvel) 것이지요. 그러니까 이 시의 진짜 의도는 조물주의 창조섭리에 대한 불만이라기보다는 흑인 시인으로 살아가는 게 얼마나 힘든가를 드러내려 했던 것이라 할 수 있어요.

그런데 정작 놀라운 것은 시인이 이 기이한 천형을 외면하지 않고 완수해냈다는 사실이에요. 바로 이 짧은 시를 통해서요. '흑인 시인으로서 누구나 감동할 수 있는 아름다운 노래를 한다(시를 쓴다)는 것이 얼마나 이

상하고 어려운가'라는 말로 시인은 간접적으로, 하지만 더욱 절절하게 흑인의 비참한 현실을 강변하고 있는 겁니다. 하지만 그의 강변은 절대 거칠거나 뾰족하지 않아요. 소네트라는 아름다운 시형에 담아 백인을 포함한 듣는 모든 이의 마음을 움직이고 있지요. 결국 시인 자신도 놀랍고 기이하다고 생각한 '흑인 시인으로서 노래를 하라'는 천형을 완수한 겁니다. 마치 일제강점기에 '잎새에 이는 바람에도 괴로워한' 윤동주처럼, '빼앗긴 들에도 봄은 오는가'라고 탄식했던 이상화처럼, 식민지 지식인이자 시인으로서 시대의 아픔을 예술로 승화시킨 것이죠.

카운티 컬린(1903~1946) 미국의 흑인시인. 랭스턴 휴스와 함께 1920년대 흑인문예운동인 할렘르네상스를 이끌었다. 민족성이 드러나지 않은 순수시를 발표했다.

Prayer Before Birth

Louis Macneice

I am not yet born; O hear me.

Let not the bloodsucking bat or the rat or the stoat or the

club – footed ghoul come near me.

I am not yet born, console me.

I fear that the human race may with tall walls wall me,

with strong drugs dope me, with wise lies lure me,

on black racks rack me, in blood – baths roll me.

I am not yet born; provide me

With water to dandle me, grass to grow for me, trees to talk

to me, sky to sing to me, birds and a white light

in the back of my mind to guide me.

I am not yet born; forgive me
For the sins that in me the world shall commit, my words
when they speak me, my thoughts when they think me,

my treason engendered by traitors beyond me,
my life when they murder by means of my
hands, my death when they live me.

I am not yet born; rehearse me
In the parts I must play and the cues I must take when
old men lecture me, bureaucrats hector me,
mountains
frown at me, lovers laugh at me, the white
waves call me to folly and the desert calls

me to doom and the beggar refuses

my gift and my children curse me.

I am not yet born; O hear me,

Let not the man who is beast or who thinks he is

God

come near me.

I am not yet born; O fill me

With strength against those who would freeze my

humanity, would dragoon me into a lethal

automaton,

would make me a cog in a machine, a thing with

one face, a thing, and against all those

who would dissipate my entirety, would

blow me like thistledown hither and

thither or hither and thither

like water held in the

hands would spill me.

Let them not make me a stone and let them not spill
me.
Otherwise kill me.

태어나기 전에 드리는 기도

루이스 맥니스

나는 아직 태어나지 않았으니, 제 말을 들어주세요.
흡혈박쥐, 쥐, 족제비 또는 발이 안쪽으로
굽은 귀신이 내 가까이로 오지 않게 해주세요.

나는 아직 태어나지 않았으니, 나를 위로해주세요.
나는 두려워요. 인류가 높은 벽으로 나를 가두지나 않을까,
독한 약물로 나를 중독에 빠뜨리지는 않을까, 교묘한 거
짓으로 나를 꼬드기지나 않을까,
검은 선반 위에 올려놓고 나를 괴롭히지나 않을까, 핏물
욕조에 나를 처박지는 않을까.

나는 아직 태어나지 않았으니, 내게 주세요.
나를 어를 물과, 나를 위해 자랄 풀과, 내게 말 건네줄 나
무와
내게 노래해줄 하늘과, 내 마음의 등 뒤에서 나를 안내할

새들과 흰 불빛을.

나는 아직 태어나지 않았으니, 나를 용서해주세요.

세상이 내 안에서 저지르게 될 죄와 그들이 내 입을 통해
하게 될 말과,
내 머리를 통해 하게 될 생각과,
나도 어찌할 수 없는 반역자들에 의해 저지르게 될 내 배
신과,
그들이 내 손을 이용해 죽일 내 삶과,
그들이 내 몸을 통해 살 죽음을.

나는 아직 태어나지 않았으니, 내게 예행연습을 시켜주
세요.
내가 연기해야 할 부분과 내가 해야 할 역할을
나이든 사람들이 나를 가르치려 들 때, 관료들이 내게 허
세를 부릴 때,
산이 내게 찡그리고, 연인들이 나를 비웃고, 흰 파도가
나를 어리석음으로 불러내며 사막이 나를

운명으로 불러내고 거지가 내 선물을 거절하고
내 아이들이 나를 저주할 때.

나는 아직 태어나지 않았으니, 내 말에 귀 기울여주세요,
짐승 같은 사람이나 자기가 신이라고 생각하는 사람은

내 곁에 오지 못하게 해주세요.

나는 아직 태어나지 않았으니, 오 내게 채워주세요
내 인간성을 얼어붙게 하고, 나를 살인적인 자동기계에
억지로 밀어 넣으려는 사람들, 나를 기계 톱니바퀴로,
얼굴 달린 물건으로, 그냥 물건으로 만들려는 사람들,
내 모든 걸 날려버리려는 사람들에게 대항할 힘을,
엉겅퀴 홀씨처럼 나를 이리로 날려버리고
또는 저리로 그리고 이리저리로,
나를 손에 담긴 물처럼
엎지르려는 사람들에게
대항할 힘을.

그들이 나를 돌로 만들거나 나를 엎지르지 못하게 해주세요.

그렇게 할 수 없다면, 차라리 나를 죽여주세요.

이 시는 어쩌면 평범할지도 모를 내용을 매우 충격적인 방식으로 전하고 있어요. 평범하다는 것은 이 시의 화자가 두려워하는 세상의 온갖 악에 대한 내용들이에요. 그런 내용들은 이미 주변에서 우리가 일상적으로 보고 겪을 수 있는 평범한 것들이지요. 하지만 이 평범한 내용이 매우 충격적으로 다가오는 것은 순전히 시인이 선택한 기이한 화자 때문입니다. 바로 아직 태어나지도 않은 어머니 배 속 태아의 목소리를 빌려 표현하기 때문이지요.

이 여린 태아는 '태어나기도 전에' 신에게 기도를 드려요. 세상의 온갖 악으로부터 자기를 보호하고, 그 악에 대항할 수 있는 힘을 달라고요. 그럴 수 없다면 차라리 태어나지 못하게 자신을 죽여 달라고 기도해요. 여기서 이미 태어난 자로서 독자는 충격을 받게 되죠. 어쩌면 화자인 태아가 두려워하는 것처럼, 우리는 이미 세상의 온갖 거짓 이념에 세뇌되거나, 어찌할 수 없는 힘에 눌려 "자기 삶의 배신자이거나, 자동기계의 톱니바퀴 같은 존재이거나, 아무 생각 없는 돌 같은 존재이거나, 이리저리로 엎질러지는 물 같은 존재"일지도 모릅니다.

　하지만 우리 대부분은 이런 사실에 대해 반성은커녕 의식조차 않고 그냥 살아가죠. 그런데 서슬 푸른 태아의 마지막 기도 "그렇게 할 수 없다면 차라리 나를 죽여 달라"는 대목에 이르면 독자는 충격에 빠져, 그렇다면 '나도 차라리 태어나지 말았어야 했나?' 하고 자문하게 됩니다. 그리고 살아온 지난날들에 대해서도 '이게 진정한 내 삶인가' 자문하며 자신의 삶을 돌아보고 성찰하게 되는 것이죠. 누구도 생각지 못한 화자(관점)를 선택함으로써 이렇게 강한 충격과 놀람으로 우리 삶을 돌아보게 하는 글쓰기가 시 말고 또 뭐가 있을까요? 이렇게 몇 자 안 되는 짧은 글로 말입니다.

루이스 맥니스(1907~1963) 아일랜드 시인이자 극작가. 1930년대를 풍미했던 시인 중 한 명. 스스럼없이 가벼운 구어체와 유머를 통해 현대적인 이미지와 관념을 묘사했다.

열다섯, 시를 만나는 순간 2

사춘기의 고민을 가만히 들어 주는 영미 명시 43

초판 1쇄 발행 2012년 5월 14일
초판 3쇄 발행 2013년 6월 5일
개정판 1쇄 인쇄 2026년 1월 23일
개정판 1쇄 발행 2026년 1월 29일

지은이 로버트 프로스트 외
해설 박경장 **그림** 금동원
펴낸이 김선식

부사장 김은영
콘텐츠사업본부장 임보윤
책임편집 강혜진 **책임마케터** 이고은
콘텐츠사업10팀장 강혜진 **콘텐츠사업10팀** 이슬, 정지혜, 이나영
마케팅사업1팀 이고은, 지석배, 최민경, 이현주, 김은지 **홍보1팀** 김민정, 홍수경, 변승주
브랜드사업본부장 정명찬 **브랜드홍보팀** 오수미, 서가을, 박장미, 박주현
영상홍보팀 이수인, 염아라, 이지연, 노경은
편집관리팀 조세현, 김호주, 백설희 **저작권팀** 성민경, 이슬
재무관리팀 하미선, 임혜정, 이슬기, 김주영, 오지수
인사총무팀 강미숙, 이정환, 김혜진, 김주림, 황종원
제작관리팀 이소현, 김소영, 김진경, 유미애, 이지우
물류관리팀 김형기, 김선진, 주정훈, 양문현, 채원석, 박재연, 이준희, 최대식
외부스태프 디자인 석운디자인

펴낸곳 다산북스 **출판등록** 2005년 12월 23일 제313-2005-00277호
주소 경기도 파주시 회동길 490
전화 02-704-1724 **팩스** 02-703-2219
이메일 dasanbooks@dasanbooks.com
홈페이지 www.dasan.group **블로그** blog.naver.com/dasan_books
용지 스마일몬스터 **인쇄 및 제본** 한영문화사 **코팅 및 후가공** 평창피앤지

ISBN 979-11-306-7472-8 44800
　　　979-11-306-7473-5(세트)